記那些波光與映像

李鴻源人生隨筆

目錄

第一部……波光映照的青春

第二部……記憶裡的這些事

第三部……生命中的那些人

第四部…………隨心與隨筆

推薦序・看見李鴻源

攝影家 郭英聲

我與鴻源是截然不同的兩個人，
我常常神經質的處在巨大的焦慮中，
而他有著無比的毅力與耐心，同時對生活不拘小節，
但，或許是這樣的反差，於是可以沒有負擔的的輕鬆對話，
我們成為無話不談的朋友。
我們在老音樂、老電影、老口味、老記憶……的話題中盡興，
在不斷對話的過程裡，
我看見一個始終懷抱著赤子之心，對未來充滿願景的李鴻源。

推薦序・空間對時間的承諾

監察院副院長　孫大川

知道李鴻源這個名字當然是很早以前的事，但和他本人有交集則是這七、八年才開始的。二〇〇九年我因八八風災的緣故，重返行政院原住民族委員會。透過朋友的引薦，我有機會向他請教防洪治水的一些問題。我們一見面就覺得很親近，他戲稱我是「大頭目」，說話共鳴點很好，厚實中帶著感情，覺察不出有諷刺的意味，我歡喜做他的「大頭目」，並猜想他歌一定也唱得不錯。沒多久，鴻源兄也來到行政院服務，擔任公共工程委員會主委，因原住民事務的關係，我們有更多接觸的機會，有時還常常同台備詢，羡慕他對答如流、風度翩翩的神采。當然，我並不是每一次都服氣！

我的原住民經驗讓我始終對負責土木、水利、環境和城鄉規劃的官員缺乏信任感，姑且不論山地原鄉，即便是大台北首善地區，我仍能見證它半個世紀以來雜亂無章的都市建設及毫無節制的人口暴漲。民國五十八年初中畢業，為了陪剛喪偶的大姊，我北上念高中，學校就在新莊的恆毅中學，一個天主教的學校。從那時候起，除了寒暑假，我沒有離開過台北。大姊再婚住迴龍，我接著念台大，連當預官都駐紮在林口、關渡的衛戍師。婚後新店落戶，研究所念輔大哲研所，並在清傳商職兼課，學生大都是新莊、三重、五股、蘆洲和泰山的子弟，有些到現在還有聯繫。

比起台東故里，我更熟悉整個大台北地區的滄海桑田，一種令人窒息的繁華。研究所畢業後，我負笈比利時，有三年半的時間移動在歐洲的城鎮與鄉間，驚嘆於歐洲人對環境空間的規劃，古今建築、庭園森林並置共存，帶給人持續永恆的美感。對環境良善有效的治理，原來是「空間對時間的承諾」！走在魯汶街頭，羅馬時代以來的歷史，看得到也摸得到，是活的從前，一個向現在和未來不斷給出承諾的過去。

大學時代我常挖苦土木系的同學，說他們「鋸木為棺，挖土為墳」，把自然大地都弄死了。和鴻源兄初識，不免將自己少年時代積壓已久的偏見套在他身上。後來聽他講水的治理以及對台灣國土規劃的看法，知道他對國內外案例的熟悉，以及對各項數據、資料的掌握，很快便肅然起敬了起來。不過，我想這頂多是學術知性面的殊勝，或許還可以包括政策執行面的膽識和魄力，卻不見得是對自然生命本身的覺悟。直到看了他的泰山記事、他的阿公、他的淡水河和觀音山，才清晰辨識到我們都是童年記憶的擱淺者，夢中不斷追尋回鄉的路，渴望對時間做出承諾。他談的那些人、那些事、那些地方，正好也是我青少年時代最最熟悉的事物，「寶貝長孫」和「大頭目」彷彿共同見證了大台北地區自然與人文的巨變和消散。

對自然生命本身的眷戀和珍惜，或許是鴻源兄那麼容易和原住民朋友打成碎片的真正原因。在一次雪霸公園的探訪中，聆聽泰雅耆老（yava）對自己族語、文化和傳統領域流失的深沉哀痛，鴻源兄哽咽了。他說：台灣社會已經意識到保存瀕絕物種的急迫性，通過相關法案、環保團體全心投入、挹注龐大的經費，櫻花鉤吻鮭回來了、山椒魚復育了、黑面琵鷺翱翔於南台灣的天空；但是，我們卻無睹、無力、無助於答覆部落 yava 那麼真實而清楚的哀吟。

隔不久，鴻源兄接下內政部長職務，而我也正如火如荼的推動原住民自治法和土地海域法。坦白說，在無數次繁瑣、冗長且累人的法案辯論中，鴻源兄常是我情緒挫敗時的唯一支柱。當時我們見面的口頭禪，是模仿阿美族太太罵先生的語調：「你什麼都好，就是沒有用～～。」有時他感慨地說：「原住民乾脆獨立算了。」他是少數在國土計畫框架中注意到並承認中央山脈軸線、花東縱谷及海岸山脈原住民之優先性與特殊性的人。換句話說，他理解到國土的規劃不單是空間的問題，也不單是產業發展、環境保護的問題，它牽涉到「人」、「文化」和「歷史」，就像泰山有「阿公」、「系川松樹」、「安溪墓碑」、「師公」、「農田」還要「三跪九叩」一樣。原住民當然是台灣歷史更悠久的記憶，是空間對時間承諾無法迴避的對象。

學科學卻又充滿文史興趣的鴻源兄，充分明白「尺度」和「氣度」的差異，也期盼自己學用「天子之劍」，勿淪為雕蟲小技的「庶人之劍」。早年加入「省府團隊」，近來寫作提出他對台灣如何成為一流國家的主張，並毫不扭捏地宣布自己「待價而沽」，在二〇一六年要扮演一定的角色。不了解他的人會認為他好名好利，其實他只是想做事，想貢獻。他個性中有某種無可救藥的自信和浪漫，閱讀他的童年和後來成長的過程，你會發現他是那種輕輕鬆鬆便渡過關卡，成就這個、完成那個的人。他談命運、宗教並撰寫〈為子祈禱文〉，對自己出世入世的心境，顯然有他的反省和自我淬鍊。一個不知道如何將自己成為一流的人，怎麼可能配談如何將台灣成為一流的國家？

末了，我還是忍不住要說：李鴻源真的很會唱歌，常隨身帶著詞譜，在Piano Bar請師傅伴奏，中文、英文、日文……；快板、慢板、「不如死」（blues），樣樣都會。對於這一點，「大頭目」完全服氣！或許二〇一六年之後，我們還可以拱他出張CD，歡喜過他的耳順之年。

（二〇一五年五月五日）

推薦序・治國平天下的抱負

台灣大學建築與城鄉研究所名譽教授 夏鑄九

台大教授中有志於教學與研究者不少，學而優則仕？事實上，有意願又真有行政能力而為官者並不多。李鴻源則是我認得的台大教授中極少數適於為官者。更直接地說，服公職者，為人民服務也，反而不是當前的官僚作業，隨時訴諸法令與程序，什麼大事都不能決，政府，遂成為一個僵化拘泥的國家機器，被台灣社會的活力對照在小鼻小眼的行政牢籠之內。我曾經當面問過他自己以為過去最快樂的時光為何？他說，擔任台灣省水利處長之時。當時，他的上級領導能勇於承擔政治的責任，放手讓他作為一個技術官僚，施展治水之長才，而不是在民意代表的迫脅下，扭曲了專業，最後官也不聊生。

治水，是李鴻源的專長，治土，治理國土也是他的興趣。他有空間尺度感，對空間有政治感。我曾經在國內國外不同場合，目睹他對經歷快速工業化與都市化之後，應該如何治理台灣的環境不永續與破碎河山，侃侃而談，意氣風發。我與他之間，對問題與方案的看法會有爭論，但是必須承認，他對水確實是有感情的。

李鴻源所學雖是工程，擁有技術的訓練，理性的思惟；然而，他對文化與歷史頗有反應。雖然不見得出口成章，卻不時可背誦些文學與典故；並且對地方城鎮歷史，斯土斯民，能接地氣。甚至可以說，他對身處全球化嚴苛與殘酷挑戰中的台灣，有所展望，亦能建構視野，這是治國平天下的抱負，降大任之天命有所感悟也。

（二〇一五年五月十日）

自序・波光與映像

明年，我的人生即將邁入一甲子。

回首在這近六十年的時間長廊，所踏出每一步的身後都留下些許光影。一個一早起床就急著去上學的小學生，一個日夜苦讀、拚命想擠入大學窄門的中學生，一個首次離家享受自由生活的青澀大學生。

一個身在異國，為爭取獎學金而每天浸在實驗室裡的研究生，一個初任教職的年輕副教授，一個活躍於國際的資深教授，和一個指揮若定卻為立法院所苦的行政官員。場景從泰山、台北、台南到美國。

哪一個是我？每一個都曾經是我，但都不是當下的我。

我這一輩子習慣以「工程師」及大學教授自居。雖然在偶然的機緣下踏上仕途，從省政府水利處長、台北縣副縣長、行政院公共工程委員會主任委員到內政部部長。但我一直保持著工程師及大學教授的思考邏輯、生活態度及價值觀。

從沒想過要將自己的生命歷程以及觀念、思想，用文字記錄下來，甚至是公諸於世。只是盡力在每個時期，扮演好當下的角色。

但是近年的台灣，變化實在太快。

做為一個工程師，我是理論和理念的「實踐者」。但三十年過去，我卻看到在我手上完成，曾經引以為傲的水利工程，隨著時空環境的改變，反而成為扼殺河川生機的「殺手」；為了追求經濟的高速成長，我們歌頌人類打敗大自然的偉大，如今開始承受始料未及的後果。

看見，引人憂傷，更讓人輾轉難眠。因為對台灣這塊生我、育我的土地，有太多的感情和依戀。我開始尋思可能的出路和方法，於是將長年在工作上的觀察和心得，寫成《台灣如何成為一流國家》這本書，在去年年底出版並引起廣大的迴響。

在寫作過程中，每每在思緒阻塞，或痛苦、憤怒無法宣洩，或被無力感填充之際，只能擲筆長嘆，當生命有這麼多「無言」、「不語」的沉默時刻，文字，又如何能表達我對台灣這塊土地的情感於萬一呢？

但是，文字卻可能是我唯一可以將濃烈卻無形的情感，化為「具體」的工具。

二〇〇九年六月，在考察長江三峽水庫的旅程中，在重慶朝天門碼頭上，坐往宜昌的大船，迎著夏夜晚風，想起途中所經之處多是《三國演義》中所描繪蜀漢場景，深刻的感受到劉備、關羽等人的悲壯、掙扎及人生的無常，提筆寫下〈夜發重慶〉。這是我在論文、研究之外，所寫的第一篇散文體小文。

從此我開始在學校和政府，兩頭繁重的工作之餘，嘗試將多年來迴盪在心中的記憶片段，一片一片地捕捉下來。

這一片是成長、那一片是故鄉，還有一片是路途，更多片是反省，於是，就這樣堆疊成一棵負載我的人生每個時刻的「大樹」，而台灣就是供應這棵大樹養分和水分的土壤，不管我飛到天涯的哪個角落。

這棵大樹有四根粗壯的骨幹，有求學時代的青春歲月，記載著我從小到大的學校生活，從泰山國小、大華中學、建國中學，到在大學聯考跌跤，心有不甘地離開台北，南下就讀的成功大學，以及往後負笈美國愛荷華大學。從此改變一生際遇，讓算命師口中「命中缺水」的我，就此和「水」結下不解之緣。

第二根骨幹是我的「故鄉」。很多人從媒體報導，得到的印象都是我來自泰山「政治世家」，卻很少人知道，我們家是佃農出身，我從小跟著阿公一起下田，參與稻子生長過程的每一個步驟，扮演著一個農家小孩該扮演的角色，大地滋養我的生命，農村生活更孕育了我的個性。

即使已離開農村四十多年，我仍習慣以一個來自農村的「鄉下人」自居。每次走過舟山路的台大實習農場，踏在熟悉的田埂上，總會將我的思緒帶回那五〇年代的泰山。

在過去將近六十年的歲月，我親眼見證泰山從一個純樸的農村，一望無際的良田美景，逐漸被醜陋的鐵皮屋、工廠所取代，清澈的河水被汙染變成「黑龍江」，如今連一塊完整的田地都不可得，這幾乎是台灣農村從南到北的共同命運。失去的美麗家園或許用工程手段付出昂貴的代價尚可恢復，但昔日那純樸的民風、認真的生活態度，卻再也一去不返。

第三根骨幹則是一些在人生路途中遭遇的「貴人」。他們都是在我面臨黑暗和挫折時，陪著我走上「生命探索」道路的人，讓我在自己的專業之外，看到不同的人生風景，在有形的際遇中，認識無形的天道和宇宙，發現生命的浩瀚與遼闊。

第四根骨幹則是我這一路走來的思考和反省。從二〇〇九年最早引發我提筆寫作的〈夜發重慶〉，到二〇一四年卸下內政部長一職，寫給同仁的公開信。隨著時光流轉，而有不同的心情展現，有在部長任內的視察行程中有感而發所寫，也有看著兒女日漸成長，憂心大環境惡化而寫下的〈為子祈禱文〉。

或許是從小記憶力特別好，也或許是無法忘情，文中記錄的每一個時刻、每一幅畫面，都在我的腦海中不斷迴旋、激盪。也因此每一字、每一句，或是紀實、或有緬懷，或許還有強烈的批判，但這一切，呈現的都是真實的我，我的部分人生以及對「台灣」的無限依戀。

因此，我不會說這是本「傳記」，更不會說這是本「回憶錄」，因為回憶還沒有結束，我的人生也還在繼續。

這裡，只是暫時畫上「逗點」。

希望看到這本書的每個人，都能從中有所省思，看到台灣的過去，想到台灣的未來；哀愁，只適合永遠留存在過去，美麗才是我們的未來。

（二〇一五年五月五日）

第一部

波光映照的青春

上學

上學是我最喜歡的事情。記得小學一年級時，媽媽帶著我到學校報到，第一天坐在教室裡，好奇地打探著四周光景。老師點名，發名牌、課本，聞著新書所散發出來的書香，心思飛得好遠好遠。

那時的泰山國小是一座仍然有著濃厚日本味道的學校，包括校門在內，許多日式建築仍保存著。

學校依山而建，部分教室就建在山腳下，有著長長的坡崁，及沿著坡崁而建的長滑梯。下課時，同學可利用滑梯迅速到達操場，膽大的同學更是快步從滑梯跑下來，只是為了贏得同學羨慕及欽佩的眼光。

操場上只有幾座鞦韆、單雙桿、一個沙坑，和五、六根竹桿綁在尤加利樹下，給同學充當爬桿。鄉下孩子個個身手矯健，三兩下就可以順著桿子爬得好高好高，然後縱身而下，拍拍手、拍拍褲子，若無其事般地走開。

操場非常簡單，除了一個四百米的跑道外，什麼都沒有。大風起時，飛砂走石。

那時最流行的運動是躲避球，因為最簡單也最便宜，一顆球就可以讓二十多個同學玩個好半天。雖然簡單，每學期新莊區所舉辦的校際比賽卻是年度盛事，全校師生圍觀比賽，殺聲陣天的情景，即使事隔近五十年，仍歷歷在目。

記得我六年級那年，發生陽明山大車禍，教育部通令全國各校，不准再辦畢業旅行。所以我們的畢業旅行，是全校師生浩浩蕩蕩從泰山走六公里山路到林口國小，吃完便當後，欣賞一場兩校校隊對決的躲避球比賽後，再興高采烈踏上歸途。

印象中，那場比賽好像是我們學校贏了，也因此比賽的每一個細節，都成了途中的最佳話題，球員更成了大家的偶像，至今我仍記得那些同學的名字，及矯健的身手。現在偶爾在泰山街上碰到，很難想像眼前這大腹便便的歐吉桑，就是當年那人人稱羨的「英雄」。

與媽媽李子美和弟弟鴻鈞
攝於農舍前。

爸爸李騰輝與鴻源（6歲）、鴻鈞（4歲）攝於自宅前。

現在流行的籃球及棒球，當時因為太貴了，只有少數台北的學校才玩得起，我們這些鄉下小孩根本無福消受。但我相信，我們童年的幸福及快樂指數，一定遠超過那些都市長大的孩子，更別提現代的小孩。所得是增加了，科技是進步了，各式各樣的玩具應有盡有，但快樂及幸福呢？

從上學的第一天起，我就愛上了學校生活，成績一直名列前茅。每天眼睛一睜開，想到能夠上學便十分開心。

由於從我家走到附近聚落約十分鐘，途中幾乎沒有人煙，然後再走五分鐘才會到學校，父親總是陪著我走，也因此小學前三年我總是第一個到學校。到中高年級，班導師乾脆把教室鑰匙交給我保管。

我每天六點半就到學校，看看書，東走走、西摸摸，沐浴在晨光中，覺得很愜意。記得當時詹世綉老師是我讀小學前三年的導師，她是北京人，打下了我的國文底子，讓我的咬字發音都很準確；後三年的導師則是教體育的吳德銓老師，他是農校畢業，特別重視學生的紀律，把我們帶得很好。

鄰近學校的山上養了許多山羊，同學們每天早上第一件事，就是清掃充斥走廊，像征露丸般的羊大便，偶爾還會看到山羌及其他小動物的蹤跡。

學校內有幾棵大的楓樹、重陽木、尤加利樹，升旗台後則有一個小水池養著幾條錦鯉，水池旁有座假山以及一棵雞蛋花。從高年級的教室往窗外望去，即可看到遠遠的大屯山。

但這一點都不稀奇，因為我們學校就建在山邊，下課時同學滿山遍野地跑。山上有日軍留下來的防空洞，進入伸手不見五指的洞中探險，成了膽子較大同學的最佳挑戰。

另外還有幾座日本人留下來的墓，其中一座墓碑的形狀非常特殊，墓主叫「系川松樹」，後來我才知道他曾是泰山國小校長。

過了些年，這些墓再也不見蹤影了。每年清明，經過那些舊址，總有些悵然若失的感覺。腦海中不禁浮現出殖民時代日本人的影像，好奇著系川先生到底是個什麼樣的校長？是殖民帝國的爪牙，還是一位把生命奉獻給這塊陌生土地的教育家？他或許穿著神氣的文官服，腰上佩著佩刀，嘴上留著一撮如希特勒般的小鬍子吧？他的家人呢？戰死了或戰敗後被遣送回日本了？他們還記得有一座孤墳被留在這南方的島上嗎？蘇軾那句「千里孤墳，無處話淒涼」，真是最貼切的寫照。

有一段時間，政府極力推「去日本化」，許多日人留下的建築、碑文，甚至廟宇柱子的大正、昭和年號，都被刻意的鑿掉。歷史不管愉不愉快，都是大家共同的記憶，期待未來我們能有更寬容的心胸，面對這塊土地上曾經存在的人、事、物。

在那個年代，各個鄉鎮只有小學，中學以上學校都設在大都市，通學成了所有人在求學階段，每天最重要的事情，也是共同的回憶。

從初中到高中，我都在台北念書，所以足足在路上奔波了六年。尤其是初中那三年，我讀的是位於吳興街底的大華中學，每天從台北盆地的西邊趕到台北盆地的東邊上學，來回車程約三個小時。

那時候的泰山，每半個小時才有一輛公路局班車到台北，我必須趕上六點鐘發出的第一班車，才能確保上學不遲到。每天五點多就要起床，尤其冬天更是苦不堪言。

個子高，李鴻源在小學時已經很突出。

就讀大華中學時期。

泰山國小童子軍李鴻源。

每天爸爸要送我到公路局車站，直到我上了車，車緩緩開走才轉身離開。這麼多年來讀了許多描寫父親背影的文章，雖然每位父親的職業、教育程度不同，但對孩子的愛心都是一樣的。直到自己為人父後，也歷經看著小孩走進校門後，才放心離開的情景，更能體會當年父親的心情。但現代交通便利、物質發達，辛苦程度和四、五十年前不可同日而語，更感念父母當年的付出。

公車上載滿形形色色的人，有要到市場補貨的小販、到台北上班的上班族，以及急著到部隊報到的軍人，當然最多的就是我們這些趕著上學的學生。從人人身上不同的制服、書包，一眼即可明白看出這個學生的出身、背景及學習成就。

那是一個「成績決定論」的時代。名校的學生，走路有風，恨不得每個人都注意到他的制服和書包，在車上高談闊論著，無視其他人存在，其他的同學則安靜地坐著。

我每次上車，都儘量找到燈光底下的座位，抓緊時間背文言文、英文單字，如此下來，每天比其他同學多讀了兩個小時的書，所以我初中功課特別好。那時背的課文，直到今天我有些還能倒背如流。更神奇的是，在如此惡劣的環境下看書，我的視力居然從未受損。

回想那時候的通訊並不發達，沒有電視，只能仰賴收音機，颱風天最大的困擾就是不知道學校是否停課。

記得有一次颱風來了，陸上警報已經發布，但我們一車人還是傻傻地，依例坐上第一班車趕赴台北，眼見淡水河河水已快淹過中興橋橋面，司機還是硬著頭皮開過去。折騰了半天，好不容易到了學校，才知道不用上學，只好再度冒險過橋回家。

那時淡水河堤防尚未蓋好，沒有洪水預警系統，更別提封橋時機了。現在這些軟硬體設施，陸續在我手上逐一完成，這恐怕不是四十年前那位坐在車上的初中生所料想得到的。

時代在改變，科技在進步，我們對颱風的掌握、洪水的預測精準無比，但對人性的了解，對人生的目標卻愈來愈迷惘。回想那段通學的年代，沿路所見盡是稻田，路上走著多是純樸又善良的人民，我們現在羨慕不丹是全世界最快樂的國家，但我相信我們都曾經經歷過那個階段，只是沒有好好掌握它。

期待我們能重拾過去善良又純樸的民風，讓台灣成為一個富而好禮的國度。

（二〇一二年二月二十日）

台南，第二個故鄉

我的命中與「水」總是脫離不了關係。

出生時先曾祖父李浩生公找了當時台北大橋頭著名的命理大師葉秀春先生，幫我批了八字。他說這小孩什麼都好，就是命中缺水，因此命名時在名字中有了六點水。但看來似乎還不夠，最終還必須選擇水做為終身志業。

我的初中是在台北盆地的另一端，一所私立中學「大華中學」就讀。我是九年義務教育開始實施的第一屆。理論上應該念泰山國中，但家人不放心讓我讀一所新設立的學校，於是我們許多功課較好的同學都去報考私立學校，在錄取的幾間學校中，我選擇了大華中學。

這是所座落在吳興街底，拇指山下的小型學校。地點非常偏僻，四周稻田圍繞。我每天一定要搭上六點鐘從泰山發出的第一班公路局公車，到台北車站後，再轉半小時才有一班的三十七路公車，以確保趕上七點半的早自習。

大華是所學生多來自高級官員及經濟條件優渥家庭的「貴族學校」，我大概是少數在家長職業欄填上「農」的學生，也因此常隱約感覺老師擔心我付不出學費。幸好我是個用功的好學生，加上媽媽每天把我打理得整整齊齊，三年下來也和同學處得相當融洽。

學校的老師臥虎藏龍，來自大陸大江南北，印象中在教學上非常認真，而且對課業的要求嚴格，我也因此打下深厚的英數理底子。回想起來，這三年是我一生中功課最好的一段時間。

記得高中聯考放榜時，我的分數比建國中學的錄取標準還多了足足有五十分。我們一班五十多位同學，有一半都進了建國中學，其中六個又和我分在同一個班級，當了六年的同班同學。

建國中學是所歷史悠久的名校，有棟日治時期留下至今，造型典雅的老舊磚造建築，我們稱之為「紅樓」，以及一座一起風即吹起飛沙走石的操場，我們稱為「沙漠」，因此建中學生常以刻苦耐勞的「駱駝」自居。因為特殊的微

就讀建國中學時期（1971 年）。

氣候條件，小型龍捲風是建中操場的特產，常常可見到漏斗形狀的漩渦捲起陣陣黃沙，越過半個操場，然後在一片驚呼聲中，消失得無影無蹤。

這個學校的學生除了會讀書之外，更出名的是號稱「黑衫軍」的橄欖球隊，驍勇善戰、所向披靡，揚名國內。記得高一要去學校報到時，家人（尤其是祖母）除了喜悅又驕傲外，最擔心我會去參加橄欖球隊，因此三申五令，絕對不可以碰橄欖球。

就我記憶所及，當年建中的師生關係很平淡，老師很多是補習班名師，但白天在課堂上教得並不起勁，大概精華的內容要留到晚上在補習班上。同學平常都是自己讀書，而且私下暗自較勁，在學校時都故作輕鬆拚命玩，放學後再拚命苦讀。那時的高中生活非常平淡，三年的週末就在打球、打橋牌、下棋及郊遊中度過了。

事實上，我們這一屆畢業生在後來出了好幾個「名人」。我還在內閣時，經建會主委管中閔、研考會主委宋餘俠、國科會主委朱敬一都是同班或隔壁班同學，其中管中閔更是從初中開始，一路都和我同學。

建中的同學中，最特立獨行的就是後來寫了《拒絕聯考的小子》的吳祥輝。他讀的是二十六班，他們班上有幾個人和我是初中及小學同學，當時我經常去串門子。高三時大家都拚得要死要活，就他一個人擺明不考大學聯考，常常是全校師生看著他一個人在操場踢足球，即使下大雨也照踢不誤。

高中時，我每天坐三重客運公車到中華路國軍文藝中心附近下車，步行一段路後穿過植物園到學校，每天走兩趟，一走就是三年，因此對植物園的一草一木及四季景色變化有了深刻的觀察。直到現在，園內的每棵大樹的位置和樹名，我都還記得清清楚楚。

偶爾我們也會繞道走重慶南路，說是為了「逛書店」，但另一個更重要的目的是去看北一女的女孩子。那是一個民風保守的年代，沒人敢上前搭訕，只要遠遠地看著，就可以讓幾個小男生興奮地談論好幾天。

當時的重慶南路是條充滿大小書店及濃濃文化氣息的道路。每家書店所賣的書不盡相同，成為我在回家途中最常駐足的場所。濃濃的書香、精彩的各國圖書，令人流連忘返，無形中也養成了我這一生最好的嗜好，買書與讀書。

三年的高中生涯，我一直自認成績還不錯，總以為考上台大、清華，一定沒問題。但做夢都沒想到，大學聯考放榜，我居然只考上成功大學，而且還是冷門的水利工程系。

從初中開始，我的英文底子就打得很好，高中成績也不錯，但聯考居然只考三十分，「背書」一直是我最拿手的本事，三民主義也僅拿到六十八分，幾乎不可能發生的「慘劇」全碰上了。

活到十八歲，我一輩子沒去過濁水溪以南。台南在哪兒？成功大學是所什麼樣的學校？我毫無概念，但既然考上，也只有硬著頭皮去報到。

我有一個從初中到建中都常在一起的同學薛智文，也考到成功大學，於是他的爸爸帶著他，我爸爸、媽媽帶著我，大家拖著沉重的行李，在報到前一天南下成功大學。

還記得事前我們聯絡建中校友會，對方說會有學長帶「板車」來幫忙拉行李。於是我們搭上台北午夜發出的對號快列車，折騰快五個小時，在天才濛濛亮的清晨四、五點到達台南，因為人生地不熟，五個人無處可去，只好在火車站前的廣場等。

好不容易熬到七點多，學長終於拉著板車來了，我們跟著他的身後走，從前站轉幾個彎就到了學校。這時才恍然大悟，原來成功大學就在後火車站出口不遠處。

一九七四年，我這個台北人到了台南，才知道什麼叫做「城鄉差距」，當時最大的百貨公司只有三層樓，遠東百貨公司還是直到我大四才開幕。整個台南充斥各式各樣的夜市，每個夜市賣的小吃不盡相同，友愛街「沙卡里巴」的烤雞腿，是我每隔一段時間想家時，補償自己的珍饈。

台南另一個吸引我的地方，是到處可見的古蹟及廟宇。從赤崁樓、億載金城、武廟、五妃廟、開元寺、天后宮，到孔廟、竹溪寺……等等，或香火鼎盛、或清幽僻靜，或雕樑畫棟、或古樸素雅，都是我在四年的就學期間，最好的私房景點及逃離塵囂的避風港。

成功大學是所歷史悠久，以「工學院」聞名的學校。建築古典優雅，樹木高大壯麗，榕園的那幾棵大榕樹及成功校區那一排高聳的檸檬桉，是我多年來

1978 年大學畢業旅行，攝於中橫公路。

1974 年攝於水利系前。

就讀成功大學時期。

最常被喚起的印象。

它創校於一九三一年，原名為「台南高等工業學校」，一九四四年改稱「台南工業專門學校」，一九四五年國民政府接收台灣後，數度易名，一九五六年改制為「台灣省立成功大學」，一九七一年改制為「國立成功大學」。

成大每個系都有個四合院，工學院的系所一長條排下來，從電機系、機械系、化工系……到最冷門的水利系。或許因為建系較晚，水利系不但排在最後，而且被塞在土木系旁的小角落裡，並沒有自己專屬的院子。

隨著學校經費愈來愈寬裕，不知從什麼時候開始，一座座的四合院被一棟棟的摩登大樓取代。陪同我們度過每一個晨昏的成功校區運動場，也被一座美侖美奐的大圖書館占據。學校看似進步了，但人氣沒有了，過去迴盪在運動場上，各式球賽競技時響起的歡呼聲，也消失在偌大的校園裡。

三十多年來，我每次回成大，總會在昔日的籃球場旁駐足良久，緬懷昔日在球場奔馳的老友，依稀還能聽到歡笑及加油的聲音，最後總抱著若有所失的心情離開。

回想那時，我們根本不知道讀水利系能做什麼，常被取笑將來要去蓋水溝、修馬桶，許多同學感到失落、徬徨，大一時拚命想轉學或轉系。我有位老同學張恭淦，正和後來的太太趙雅雯開始交往，雅雯的弟弟讀的是第一志願台大電機系，當她首次帶他回家見父母時，爸爸告訴女兒：「這個人從建中考到成功大學也就罷了，還讀了一個這麼冷門的系，鐵定不會有出息，不如早點散了。」就是這樣一個景況。

走筆至此，猛然憶起雅雯臥病多年，已在前年離開人世，恭淦不離不棄地在病榻前照顧到最後一刻。一對昔日人人稱羨的神仙美眷，就此天人永隔，令人不勝唏噓。

攤開當時水利系的師資名單，只有三位教授擁有博士學位，其中郭金棟教授還被借調去中興大學，教我們的老師多是博士班研究生兼講師，雖然他們之後在學術界都卓然有成，如黃煌煇老師後來擔任成大校長，歐善惠老師也成了成大副校長及南部某私立大學校長，蔡長泰老師更是台灣水利界舉足輕重的人物。

但以水利系那時的師資，加上談不上先進的設備，在這樣艱困的狀況下，也作育出一批批英才。我們那個班五十位同學中，獲得博士學位在國內外大學任教的即超過十位，其他人也都在公私部門嶄露頭角。

事實上，水利系的「逃兵」中倒有不少名人。文學家白先勇先生的父親白崇禧將軍，當年希望他回大陸時可以整治長江、黃河，因此要求他從建中保送成大水利系，但他讀了一年發現興趣不合，毅然休學重考上台大外文系。物理學家丁肇中先生也一樣，滿懷壯志要回去大陸整治三峽，也在成大水利系讀了一年。還好人各有志，否則這世界將少一位大文學家及諾貝爾物理獎得主。

後來我進入行政院服務，才發現前經濟部長張家祝先生、行政院長毛治國先生，都是從成大水利系轉到土木系的學長。

四十年前的成大，學生多數是南部人，我們這些台北人常被視為「異類」，處處顯得格格不入。台南的閩南語和台北的閩南語腔調非常不同，我常常被問是不是「外省人」？如果是外省人為何會講台語？更常有人問，我的台語講得不錯，但為何有個奇怪的口音等等。

當時正是嬉皮盛行時代，大學生風行蓄長髮，我也跟流行留了一頭披肩長髮，因為自然捲，滿頭翹翹蓬蓬。但當年的「違警罰法」（類似現今社會秩序維護法）賦予警察當街取締奇裝異服的權力，少年隊警員手持一把利剪，當街剪髮是常見的景象，以至於我每次回台北，走在街上還要躲躲閃閃。

成大的教官也因此對我非常感冒，常說：「這個傢伙一定是個壞蛋，頭髮留那麼長！」雖然我從不曠課，也自認是個用功的好學生，但大一的操行成績硬是被他打了七十九分。

事隔四十年，回頭看求學歷程，我只能讚嘆，這或許是「上天」的旨意，我註定要讀水利工程，把一生中最精華的歲月，貢獻給水利問題至今仍層出不窮的台灣。

（二〇一五年四月二十五日）

愛荷華秋更深了

久違了，這曾經教育我的國度——美國。我曾在此度過了人生最寶貴的六年，也多虧了這個國家的大學及老師無私的教誨，才有了今天的一切。

二〇一一年，我再度應邀擔任愛荷華大學水利所的諮議委員，在秋天的「回家遊行日」（homecoming parade）週末造訪母校，只是這次我還有個不同的身分——學生家長，因為有兩個女兒在這裡就讀。

一樣的校園、一樣的鐘聲，卻有著完全不同的心情。我坐在昔日的教室裡，聽著院長、所長做簡報，牆上掛著歷任所長的照片，他們多已作古多年，感覺卻彷彿昨日才在上他們的課，自己似乎從未離開。

三十年前的學生生活，彷如南柯一夢，想到過去有做不完的作業、實驗，考不完的試，仍不禁悚然。

愛荷華的四季分明，各有特色，春天遍地花朵，夏天炎熱潮濕，秋天楓紅處處，冬天白雪靄靄。印象中每次造訪愛荷華，多在秋天。

秋天的愛荷華，大地一片金黃，秋高氣爽，烏鴉滿天。小動物忙著過冬，小孩忙著過萬聖節，足球隊員忙著每週的征戰，民眾忙著參與那每年的盛事——回家遊行，然後就是年度的足球大賽。在那時節，眾人心中只有足球賽，其他煩惱全拋諸腦後，勝了萬人空巷、歡聲雷動，敗了卻如喪家之犬。

這就是美國，百年不變的美國。

猶記得在我就讀初高中、大學的青澀歲月，中國大陸正在進行文化大革命，國民政府信誓旦旦要反攻大陸。越戰當時如火如荼展開，台北仍駐有美軍顧問團，橫衝直撞的美軍吉普車充斥街頭，中山北路附近酒吧林立，電視播放的是〈勇士們〉、〈靈犬萊西〉、〈我愛露西〉、〈大力水手〉及〈神仙家庭〉等黑白影集，美國被塑造成「世界秩序維護者」，到處是汽車、洋房、冰淇淋……幾乎是「天堂」的代名詞。

那時候，才子趙寧將他的留學經驗寫成幾本書，成了大學生人手一本的暢銷書。在在說明年輕學子對這個夢幻國度，有著無限的憧憬與嚮往。

當時的英文資訊非常欠缺，美軍電台是練習英文聽力的唯一管道，我每天似懂非懂地聽著，盼望有天英文能像收音機裡的人一樣流利。

雖然距離那段熬夜背英文字典、讀《*Time*》和《*Newsweek*》的日子，已經三十多年，但那急迫吸收知識的感覺，至今仍深印在腦海中。還記得我每天晚上都等到警察廣播電台的十二點鐘響，聽完節目主持人凌晨小姐播放 Cat Steven 所唱「Morning Has Broken」的輕快旋律，才依依不捨放下書本就寢。

這幾乎是四年級生的共同記憶。如今回想起來，真是一段辛苦、甜蜜、無憂無慮、對未來充滿著期待的充實歲月。

那個時代，考 TOFEL、GRE 是想出國的大學生必經的考驗。南陽街英文補習班林立，坊間充斥各式各樣書籍、秘笈及讀本，同學間彼此交換心得，分享一些似是而非的有限訊息。

例如，GRE 考試的紀錄會留下來，要準備充分才能應試，如果覺得這次考得不夠理想，下次考時把名字的拼音改改即可；TOFEL 成績不留紀錄，所以可以放心多考幾次。哪家補習班最好？哪裡有名師？哪本書猜題最準、最有效？這些都是同學間見面最熱門的話題，考了四、五次仍不滿意的同學大有人在。

我因為在資訊封閉的台南成功大學就學，根本不可能補習，但或許因為夠用功、或許是運氣好，我的 TOFEL 和 GRE 居然各考一次就通過了，省去了許多麻煩。

通過語言考試的折騰，接下來的重頭戲是「申請學校」。那時沒有網路，位於南海路的美國新聞處是唯一的資訊來源。

功課好的同學注意學校排名、名師及獎學金。有的學校名氣大，但某些科系相對不出色，有的學校雖然排名一般，某些科系卻特別優秀，在取捨上常令人左右為難。功課沒那麼好又想一圓出國夢的同學，則特別在意哪些學校入學許可較容易取得、學費較便宜，以及離親戚朋友的居住地較近。

待目標鎖定後，接著就是繁瑣的表格填寫。學校申請少了，怕出國機會落空，申請多了，一所學校的申請費用動輒三十到五十美元不等，在當時可是一筆不小的數目。

等到萬事具備，申請信好不容易寄出後，隨之而來的是無止盡的等待，等郵差送來裝著「入學許可」的牛皮紙袋，一顆心就這樣七上八下地懸了許久，終於讓我盼到愛荷華大學水利試驗所的I-20，它可是我夢寐以求、全球頂尖的水利研究所。

當年收到入學許可通知時，那份喜悅的感覺，迄今仍記憶猶新，更讓我放心的是，同班同學王克漢已早一年在愛荷華就讀，生活起居會有基本的相互照應。

最後就是瑣碎的出國準備。回想起來，要在有限的行李箱裡，塞進生活必需品及書籍，是一門相當大的學問，經過漫長的折騰，我終於如願以償踏出國門。

一九八〇年八月，生平第一次，坐上西北航空的七四七飛機，我就像劉姥姥進了大觀園，一切都是前所未有的新鮮經驗。途中在日本成田機場短暫停留後即直飛芝加哥，當大部分台灣旅客都在東京下機，機艙內不再聽到熟悉的中文，我才真正有了「出國」的感覺。

飛機走的是北極航線，需飛越阿拉斯加，從華盛頓州進入美洲大陸。聖海倫火山（Mountain St. Helen）的火山口清晰在目，由於一個月前剛爆發過，從機上望出去仍可看到直衝雲霄的火山灰柱。飛機飛過一片沙漠後，緊接著映入眼簾的是一望無際的廣大平原，因為灌溉水管路及栽種作物不同的關係，大地被劃成一塊塊深淺不同的圓圈及方塊，讓我親眼見證了美國平原之廣袤及富庶。

進入美洲後再飛四個小時，終於抵達芝加哥奧黑爾（O'Hare）國際機場。在我眼中，那是一座大得超乎想像的國際機場，登機門數量之多、飛機進出之頻繁，機場大廈內商店交錯，有如百貨公司。

在我辦完入境手續、驗完關後，終於踏上一心嚮往的美國土地。第一個印象是處處充滿了驚喜，高大的建築物、寬廣的高速公路、充足的物資，以及自信而友善的人民。

愛荷華，這個有著美麗名稱的遙遠國度，因為聶華苓和她的夫婿保羅安格爾，於一九六七年創辦愛荷華大學「國際作家寫作室」，逐漸發展成為具有崇高聲譽的國際寫作班，在中文文壇裡一再被傳頌，從楊牧、余光中到林懷民、

1981年9月，愛荷華大學「國際作家寫作班」，李鴻源和名作家楊逵聊天中。
李慧馨攝於聶華苓家中。

陳映真、鄭愁予、黃春明、楊逵等，幾乎每一位在台灣名號響亮的作家，都與愛荷華結下不解之緣。

寫作班邀來這些貴賓所舉辦的相關活動，在當年是我們這些留學生的最大饗宴，和大師近距離交流，聆聽他們的人生經驗，吟唱他們的作品，真是如沐春風，把我們這些理工科學生的心，帶往更深邃的人文精神境界。

上窮碧落下黃泉，翱翔在那美麗的中文世界裡，在我辛苦的留學生歲月裡，是最值得回味的事情之一。

除了名聞遐邇的「國際作家寫作室」，愛荷華大學裡有一個外界不太熟悉，但在國際水利界叱咤風雲的水利試驗所（Iowa Institute of Hydraulic Research）。在八〇年代，世界上著名的水利大師都和水利試驗所有密切關係，台灣海峽兩岸的水利界泰斗，更有一大半出身於此，因而贏得「水利界黃埔軍校」的稱號，歷任所長在國際水利界都享有崇高的聲望，雖然專制、獨裁，卻令人服氣。

水利試驗所以基礎訓練嚴格著稱，除投入龐大的經費從事科學研究，對學

1980 年 8 月赴美留學前全家福。

1984 年 5 月 12 日博士畢業。

生的數學、力學要求更是絕不馬虎。研究大樓永遠二十四小時燈火通明，每個水槽、每個風洞、每個試驗，都在探索未知的理論，每個學生都在描繪著自己的夢。

所內的教授既有理想，更有大師風範，科研成果執世界之牛耳。他們以自己的風格帶領著自己的王朝、創造自己的品牌，我有幸上過這些大師數門課，當下必須孜孜矻矻，但之後的收穫卻十分豐美。

回憶起那段歲月，一晃眼已經過了三十年。愛荷華水利試驗所的現任所長是低我十屆的學弟，土生土長的美國本地人，能幹自不在話下，所務也蒸蒸日上，年度預算迭創新高，所有指標都顯示他是一個好的「經理人」，在現今社會保證前途無量。

但當我看著牆上的那些大師，總覺得今時今日，好像少了什麼。或許是少了理想，或許是少了對學術追求的目標和願景，這裡似乎已經不是昔日「座上皆鴻儒、往來無白丁」的愛荷華水利試驗所。除了那棟古色古香的建築外，內在的精神早已蕩然無存。

三十年前，美國中西部是全世界最重要的穀倉，肥沃的土地、廣大的田野，一望無際的玉米田，以及只有在圖片上才能見到的成群馬、牛、羊。春天時有各色花朵鋪滿大地，夏天是一片綠意盎然，秋天的大地在一夕間頓成金黃，冬天則是一片白茫茫。

人民多是純樸憨厚的農民，從二次大戰培養出自信心，處處散發著只有大國子民才有的風範。當時或許物質狀況沒有現代富裕，但人心是實在的，人民是敬業、有自信的，社會處處散發出一股向上的力量。

三十年後，我再度造訪這個國度，卻愈發覺得混亂而虛浮。機場更大、更漂亮了，但因為反恐，每個人都被當成罪犯在監控。

如今想來，或許是我在台大歷經二十多年的鑽研及歷練，自己真的成長了，也懂得鑑賞，發現那些所謂名師的研究，大師的味道沒了，匠氣倒是不少，有些地方甚至趕不上台灣。科研相對不再受到重視，經費也縮減了，博士數目雖然多了，博士後卻成了廉價勞工，追求理想的動力更是日漸萎縮。

走筆至此，不禁想著，是自己太苛求了嗎？還是世道變了？台灣如此，美國如此，中國可能好嗎？此次赴美的這趟旅程，涵蓋科羅拉多州及加州，一場又一場的演講，換來如雷的掌聲，引起熱烈討論和迴響。但每每在掌聲之後，卻帶來更多的失落，因為對我來說，這一切不過是一場「秀」，我在勾勒一個可能永遠不會實踐的藍圖，科學家們相濡以沫，最終仍難以為決策者所採用，對於種種問題的解決，根本沒有實質幫助。

美國，那夢幻國度，或許終究只是一個青澀少年的夢中「烏托邦」。回到台灣的現實中，儘管路途遙遠，我還是得奮力向前，就算是狗吠火車，仍必須有人去吶喊。

無論如何，我相信，抱持理想的人，也必須為眾人注入持續向前的動力。

（二〇一一年九月三日於 LA airport）

（二〇一二年十月十五日改寫）

台大的教書生涯

自從一九八六年二月到台灣大學任教，至今已匆匆二十六寒暑，幾乎人生一半的時間都在這個校園裡度過。

二十六年來，台灣從解除戒嚴，經濟起飛，躋身已開發國家之林，然後又掉入一波波的國際金融與政治風暴，耗盡了二、三十年來全民努力所累積的本錢。個人也從青澀的年輕客座副教授歷經升等，三度借調到省、縣及中央政府服務，現已忝列資深教授之列。對這個陪伴我近三十年的校園人、事、物，有著非常深刻的印象及濃得化不開的感情。

在初、高中就學期間的一九六〇年代，台北的運動場地非常有限，我有許多個週末及黃昏，都是在台大校園裡度過，從足球場、棒球場、排球場到籃球場。當時校內的建築物比現在少很多，運動設備也非常陽春，印象中新生南路旁還有一條瑠公圳，校園附近仍可看到一些鄉村景象。

我初高中時期的功課非常好，總覺得考上台大，成為這學校的一份子是理所當然。但事與願違，這個願望終究未能達成。直到一九八三年年底，在美國博士論文答辯完成後，陪同恩師愛荷華大學水利試驗所的甘迺迪（John F. Kennedy）教授到台大演講，無心插柳地促成了我到台大任教的機緣。

從此改變了我的人生軌跡，也因此和這所學校結下了一生不解之緣。

一九八六年的台灣大學，仍是一所非常傳統的老式大學。我所服務的土木工程系及水工試驗所，非常注重倫理，強調長幼有序，資深教授和年輕老師間有一套不成文的法則規範。土木系各組分別由幾位大老用家長式的方法領導，從資源分配、升等到新進人員聘任，都很有默契地照著一定的節奏進行。

雖然偶有雜音，但最後總會回到原來的軌道。那時正是台灣經濟起飛的初期，大學也因此有足夠的經費開始大量招收新血。所以目前學校裡的同仁，多是和我同一時期晉用。

因為大家都還年輕，也剛加入這個團隊，彼此間沒太多厲害關係，相處得

1988 年，攝於武界水庫。

非常融洽，每天中午一起用餐，交換研究及教學心得，當然免不了聊聊校園裡的是是非非，也因此幾乎吃遍了公館附近的大小餐館。加上當年台灣經濟正在起飛，出國參加國際會議的經費非常充裕，每年出國開會更是呼朋引伴，大夥兒的足跡踏遍歐美大陸，有些旅程的點滴至今仍印象深刻。

這兩天看到電視新聞報導義大利威尼斯淹大水，不禁回想起近二十年前去佛羅倫斯開會，順道造訪威尼斯。一群教授走到精疲力竭，倚在聖馬可（St. Marcos）大廣場教堂的柱子席地睡了一覺。醒來時，已是華燈初上，環繞廣場餐廳的樂隊輪流演奏，流瀉一地的古典音樂，我們就這樣席地而坐，欣賞了一場與眾不同的音樂會，才依依不捨離開。

同行的水資會吳建民主任委員已作古多年，較資深的幾位同事也退休了，只剩我這位「白頭宮女」，還無法忘情於天寶舊事。

新進的年輕教授都有相當大的升等及授課壓力，一天二十四小時永遠不夠用，除了睡覺外，幾乎都在研究室及實驗室中度過。做實驗、分析數據、寫論文、備課。當時年輕，在國際水利界沒有什麼人脈，更遑論名氣，加上功力也確實不夠扎實，文章被國際期刊退稿是家常便飯。一篇好的期刊論文，從開始寫作到被接受刊登，耗上一、兩年是很正常的事。

還記得當年從稿子寄出的那一天開始，我的心就一直懸著，眼巴巴地望著信箱，期待美國土木工程師學會（ASCE）那熟悉的牛皮紙袋到來。過了三、四個月，終於盼到了回音，用顫抖的雙手打開郵件，仔細閱讀評審的每一個意見，被退稿的沮喪及被接受的喜悅，畢生難忘。

所為何來？爭的不過是自己的研究成果被認可，以便在履歷表的著作目錄上多那麼幾行字，期盼在升等評比時獲得委員的青睞。

那真是一段辛苦、但充實的歲月。那時台大的氛圍和當時的台灣經濟情勢非常類似，正處在轉型的十字路口，條件不十分充裕，但有朝氣、有生機、有理想。研究室及實驗室內二十四小時燈火通明，歷經十多年累積下來，確實造就了不少國際知名學者，讓台灣在國際研究領域上占有一席之地，同時培育了無數優秀的學生，在國內外發光發熱。

大約從二十多年前開始，台灣吹起了一股民主風潮，從黨外抗爭、允許組黨到野百合學運。「校園民主」同時吵得沸沸揚揚，系主任、院長、校長全改採普選方式產生，於是眾所詬病的拜票、換票、甚至請客吃飯的選風，不自覺的在校園中瀰漫。

家長式的威權領導固然被打破了，但同事間的和諧關係也漸漸流失了。附近的餐廳再也看不到大夥的身影，大部分的人都縮回各自的研究室，埋起頭做研究，不再過問校園政治。

學術論文沒少寫，但團隊精神消失了。加上大部分的年輕老師都熬成了正教授，投稿及寫作的壓力少了，研究的動力也相對變小。又因為台北居大不易，經濟壓力成了每位年輕教授的沉重負擔，於是外務多了，研究室及實驗室不再徹夜燈火通明，那股向上的動力也明顯減弱。

於是，老師抱怨學生功利且不用功，學生抱怨老師不務正業，大家共同抱怨學校的各級領導沒把方向掌握好。一股不安、虛浮的氣氛在校園裡瀰漫著，像極了當時台灣社會的氛圍。

二十年過去了，不論是台灣社會還是台灣大學，仍陷在這民主的陷阱裡，掙脫不出來。眼睜睜看著時機及人才逐漸流失，國家及學校逐漸沉淪，這恐怕不是當初那群懷著滿腔熱血，鼓吹民主的前輩們所能預料的吧。

台大校園給人的一般印象，就是一座石砌古樸的日式校門，寬闊的椰林大道和兩排高聳的椰子樹。沿著椰林大道數棟日治時代建造的系館，每一棟都代表一種歐式的建築風格，古色古香，各具特色。

老建築物屋頂挑高，冬暖夏涼，幾乎不需要冷氣。建築物內到處瀰漫著一股古老木建築才有的獨特香味，至今仍忠實地扮演著它的角色，一磚一瓦，樓梯扶手，連欄杆的每一朵雕花、每一個細節，都精巧細緻。

行政大樓和文學院遙遙相對，所種的重陽木及鳳凰木左右對稱，代表著台大精神的傅鐘，座落在兩棟建築物間的椰林大道旁。不知道當時有無請教過風水大師，但每次走過那附近總覺得非常平靜、祥和。

有幾棟農學院的系館外牆爬滿了爬藤，古意盎然，足可媲美國外知名大學的建築，令那些國民政府來台後所蓋的建築物遜色不少，也因此許多像我一樣的資深教授，寧可留在老系館，也不肯搬到後來新蓋的建築物。

這幾年台大校園的規劃，在城鄉所幾位老師的協助下，有了不錯的成果。舟山路封了，成為校園的一部分，生態池、實習農場及鹿鳴堂旁的徒步區，營造出一片非常具有特色的生活圈，成為校園裡最有人氣的區塊。校園內新添了幾棟摩登且亮麗的大樓，建築師的水平高明多了，建築物兼具現代感，美觀又不突兀。

但相對的損失了幾棟頗具特色的老系館，其中最可惜的是那爬滿長藤的老地理系館，及那在春天時充滿柚子花香的紅土網球場。現在兩個新的紅土球場在老球場對面蓋了起來，場地是好多了，但少了那一排柚子樹，味道就差多了。

最近聽說在大門口，原來人類學系舊址要再蓋一棟大樓，引來不少反對意見。硬體建設固然重要，但就一座大學而言，教授和學生的素質才是最珍貴的寶藏。

又到了校長遴選期間，期盼台大能擺脫民主的束縛，以及各學院的本位主義，覓得一位能帶領學校開創新局的大家長。

教授研究室的基本配備是成排塞滿泛黃資料的木書櫃，老而厚重的木書桌，老式的枱燈、老式的彈簧舊沙發，配上簡易的木茶几。有的老師收拾得窗明几淨，案上置上幾支毛筆、硯台，古典而優雅，真值得在此室中消磨一生，但這畢竟是少數，大部分的研究室都是堆滿了早已泛黃的資料、文章、上課筆記及報告，書桌僅剩下一小片桌面可供使用。

教授每日伏首於案間不自覺，一生的光陰就這樣流逝了。回頭仔細算算，到底留下什麼？成就了哪些？文章數百篇、專書幾本、學生無數。產值多少？微不足道。月領如此束脩，只有叩首謝恩的份，那能再抱怨。

常見教授退休後，除了少數較重要的書籍帶走外，大部分的報告、資料依慣例會在走廊上曝屍幾天，供學生及同事撿取，剩下的就全進了資源回收場。

又過個一年半載，一個有著亮麗學經歷的小夥子，通過層層嚴格篩選，擠破了頭，頂著你的缺進來了，接著你的棒、踏著你的軌跡，繼續燃燒著他的生命，讓台灣大學繼續運作下去。研究室裡，除了主人翁面孔不一樣外，其他幾乎不變。有你沒你，日出日落，學校依然運作著，這就是教授這一行業的宿命。

很難體會一位退休老師，漫步在月夜的椰林大道上，看著曾經朝夕相處的研究室，燈仍亮著的心情。是該感傷逝去的年輕歲月，還是該推門進去鼓勵後輩一番？還是默默地繼續走著，咀嚼那五味雜陳的複雜心情吧。

（二〇一二年十一月十六日）

月台

回想這五十多年的歲月裡，跑遍世界許多大小城市，足跡踏遍各種不同的車站、機場、港口和月台，年代、規模、國度或許不同，但旅人的面貌、心情和行為舉止，卻是大同小異。有低頭苦讀的學生，有閉目沉思的上班族，有耳提面命的母親，有依依不捨的戀人，當然也有那些占據整個座椅呼呼大睡的人。

隨著年齡、身分、場景和時間的不同，旅人的心情是不一樣的。學生眼盯著書本，口中念念有詞，心裡惦記著即將面臨的考試，還不忘焦急的盼著公車的蹤影，深怕遲到了要挨罵、被記點。

上班族擔心今天的訂單能不能拿到，股票是漲是跌，老闆的心情好不好。媽媽擔心著即將遠行的孩子，衣服有沒有穿暖、會不會餓著。情侶則恨不得車子不要來到，可以一直依偎在一起。每一個人都有著不同的故事、不同的目標和不同的心情，但相信都有一本難唸的經。

生命中接觸的第一個車站是省公路局的泰山站。因為每天搭的都是六點所發的第一班車，晚上回到家也都快七點了。

印象中，泰山站總點著昏暗小燈，壁上漆成公路局藍白兩色，有個小小售票窗口的小店面。屋裡除了兩條給旅客歇腳的長板凳之外，幾乎什麼也沒有，地面散了一地被旅客丟棄的票根，仍在默默記錄一段曾經走過卻被遺忘的旅程。

這趟旅程終點，是仍屹立在原址的公路局台北車站西站，在當年它可是南來北往最重要的樞紐。

在那個沒有高速公路的時代，交通除了鐵路外，就是縱貫路，所有開往南部的車子都在西站發車，也以此為終點。「台中方面的車快要開了，往台中、沙鹿的旅客請趕緊上車」，這句話我足足聽了六年，至今仍不時縈繞在腦海深處。

每次開車路經西站，依稀仍聽到它那熟悉的廣播喇叭聲，仍訴說著昔日的榮景。沙鹿，好奇怪的地名，從事公職後，足跡踏遍全省，但好像從來沒造訪過這個曾經每天要聽上好幾遍、既熟悉又陌生的地方。

上了大學後，台北火車站成了我最常出入的地方，斑駁的月台及月台上特有的鐵皮棚子，雖然離日治時代已久遠，仍散發出濃濃的日本味道。我就是從這個車站，懷著滿心的不甘願，奔向那從未謀面的南國，有著強烈被放逐的感覺。

從台北到台南的平快車一趟要八個小時，是我們這群窮學生唯一的選擇，沒有冷氣，加上那時沒有菸害防治法，下車後一身菸臭味。回宿舍時，除了趕緊換掉全身衣物外，常恨不得能扒掉一層皮。

猶記得一九七五年的四月五日，一個雷雨交加、風雨如晦的清晨，也就是在這個月台上，我從報上讀到蔣公逝世的消息，報紙的紅邊全被塗黑，全開的黑白兩色版面，帶著不祥之氣。

回想當時月台上只有稀疏幾個人，一位穿著軍服的軍人當場痛哭流涕。在那個「造神」的年代，大家真的以為天要塌了，我也懷著莫名的恐懼及哀傷的心，一路忐忑不安地到了台南。那天出了車站，發現街上已布滿各式各樣的大小靈堂，音樂全沒了，紅色彩帶及任何跟喜慶沾上邊的東西，全從街上消失。

就這樣，全國服喪了好幾個月，那氛圍像極了今天的北韓。但我回想在那當下，我真正覺得全民的哀傷大部分都是發自內心的。

另外值得一提的是，在日治時期台灣從北到南的大小車站，都是對全日本建築界公開徵圖，所以每一座火車站都有不同的建築風格，可惜戰後在一片「去日本化」的風潮中，加上國人普遍缺乏保存古蹟的正確觀念，所存不多。那些倖存的車站，仍在吃力地對抗盲目的都市開發，以及風雨歲月的摧殘。

在那個年代的火車坐票不容易買得到，為了不願意連站八個小時回台北，加上害怕夾雜著濃濃便當及香菸味道的怪味，我偶爾選擇轉搭乘公路局車輛，從台南坐到嘉義，換車到台中，再到新竹，最後到台北。

公路局的車走縱貫路，一路上，風土民情盡入眼簾。當時因為交通不便，沿路可以看到每個地方的特色，連車站賣的食物也不盡相同。到了台中，我常常信步走到離車站不遠的「太陽堂」買幾個太陽餅，及包有花生粉的粉紅色麻糬，那甜中帶鹹的味道，令人至今難忘，說來那已是當時的大學生，能擁有的最高檔享受了。

這也是「太陽堂」最風光的時代。那時沒有收銀機，店員收了錢就直接塞入黑色的大櫃檯，街坊都在謠傳「太陽堂」賺了很多錢，而且錢都不存銀行，現金全埋在地下的金庫裡。

只是最近再吃太陽餅，不知道是太普遍了，還是心中對遙遠的過去有種「定見」，總覺得味道不如從前，而台中市近年更因過度往郊區發展膨脹，車站附近也變得十分蕭條。前一陣子聽說太陽堂總店已結束營業，不勝唏噓。

一路換車，從台中晃到了新竹，車站附近充滿了貢丸及米粉的香味，讓人想不吃都難。

這樣一趟旅程，短則十二個小時，多要十五、六個小時。下車時一本書看完了，風景看夠了，該吃的小吃也都吃完了，心靈感到無比豐盈。曾有同學跟我試過一次，以後便敬謝不敏，我卻樂此不疲。

透過這樣的旅程，冥冥中加深了我對台灣風土人情的了解，同時孕育出對台灣這塊土地濃得化不開的情感。這些經驗對我日後到省府服務，及現在從事內政工作，都有著極深遠的影響。

車站、月台，是旅程的終點與起點，是許多人對故鄉的最後記憶，是人們悲歡離合的重要場景，〈壩橋折柳〉、〈背影〉及多少古今名著都以它為題材，每個旅人細微的肢體語言，道盡了人生的愛怨憎離。

在人生的舞台上，也充滿了各式各樣的無形月台，任務的改變、角色的移轉，緣起緣滅，要用什麼樣的態度面對它？徐志摩說：「揮一揮衣袖，不帶走一片雲彩」，我個人比較喜歡：「你記得也好，最好你忘了，在這交會時互放的光亮。」

在數次寒冬旅途中，每當夕陽西下，鄉間炊煙四起，車子經過一個不知名的小鎮，家家燈火升起，家人或圍坐在飯桌旁，或三兩在路旁乘涼，對照車上稀疏的乘客，一股思鄉之情不禁油然而生。

那隱隱作痛的酸楚感覺，最近常在夢中被勾起，是對那逝去青春歲月的感傷呢？或是對那已消失殆盡的純樸台灣風土人情的緬懷？還是對台灣前景莫名的恐懼與憂心呢？

（二〇一二年六月五日）

第二部……

記憶裡的這些事

我的祖父李隨先生

阿公，今天是您的忌日。

每年的今天，幾位姑姑都會準時回家，準備一大桌豐盛的菜餚給您，聊表子孫的思念與感謝。

民國五十八年的今天，是一個風和日麗的星期六。一大早我如往常，穿戴整齊準備上學，您已即將進入彌留，姑姑們為您沐浴完畢，準備穿上壽衣。我問您是否該請假留下來陪您，但您非常堅持我仍應去上學，不能因此而耽誤了學習。

懷著忐忑的心情，如坐針氈地上了半天課，趕回家時已是下午一點半。您被放在客廳的一角，蓋上了白底中間襯著一塊長方型紅布的水床，只有臉還露在外面，呼吸短暫而急促。

我進門的剎那，所有的人都大叫「鴻源回來了」。我走近您的身邊，叫了聲「阿公，我回來了」。您的眼角流下兩行眼淚，依依不捨地走了。

我緊握著您那戴著刻有「壽」字金戒指的手，感覺到您身體的溫度慢慢褪去，血色漸漸消失。那短短幾分鐘的過程，卻如永恆般久遠，從此天人永隔。

那一刻，我的腦筋一片空白，但沒掉淚，因為那份傷痛已不是哭泣可以表達。

這時整個客廳呼天搶地、哭聲震天，有的嚎啕大哭，有的在牆角啜泣，年長的女眷邊哭邊唱著傳統的哭調，手卻沒閒著，或用剪刀、或用手撕，熟練地縫製喪服。

不同的輩分，有不同的顏色、不同的材質，可不能馬虎。在眾人的齊心合作下，不一會功夫就準備妥當了。

不久，大家的手上都戴上了「手串」，那是由一條白色或藍色的布，和一枚穿孔的制錢所組成的手環，也是傳統服喪的標記。從那天開始，就進入冗長的七七四十九天的「七旬」儀式。

因為是長孫的關係，我的主要任務是隨著師公（法師）的指令跟拜，三跪九叩，起、拜。

四十九天折騰下來確實累人。但我一點都不以為意，因為那是我和您的最後連結，也是我能為您做的最後一件事。同時讓我有機會近距離仔細觀察法會的每一個細節，法師的每一個步伐及手勢，試著用我有限的知識去理解每個動作的意義。

雖已過了四十四個年頭，這些影像至今仍歷歷在目。隨著年歲漸長，人生閱歷的增進，更能體會箇中含意，無形中也觸發了我對道教思想及儀軌探索的興趣。

「頭七」，是傳說中您回家的日子。那天放學回到泰山，已經是晚上七點半左右，以往在這個時候，您都會到公路局車站接我。下了車，沒見到您那熟悉的身影及聽到您那熟悉的咳嗽聲，空蕩蕩的車站，好像在提醒我，您是真的離開了。

但當我悵然若失地朝著回家的路走沒幾分鐘，就見到您站在泰山國小旁育英巷的一盞昏黃路燈下，戴著您常戴的呢帽，挺著因長年在田裡工作而微駝的身軀，緩緩向我走來。

在我們會身的剎那，時間彷彿凍結了。

您慈祥卻又略帶悲傷地看著我，我不捨地看著您，千萬個思緒全湧上心頭，想要告訴您，全家都非常想念您，想要問您，這星期您都到哪兒去了？日子過得好嗎？有碰到曾祖父母及其他親戚嗎？卻一句話也說不出口，只能眼睜睜看著您消失在黑暗裡，消失前的一剎那，還殷殷回首望著我。

那是我們此生最後一次見面。回到家，因為怕觸發家人的悲傷情緒，一直不曾和任何人談起這段際遇。那時妹妹郁芬正在牙牙學語，只聽到她一晚都在叫阿公。我們相信顧家的您一定會回家，但我們卻看不到、聽不到，更留不住。相信在最後必須離開時，您一定更加難過及不捨。

我們將您葬在一個可以遠眺台北盆地及我們家屋子的山頭，就在曾祖父墓地的前面，離您妹妹新莊姑婆的墓不遠，相信您走後不致太過寂寞。

在那裡，您每天都能看著我們家，以及您六十年來日夜牽掛的稻田。相信您每天仍看著我上學、放學，也關心著家裡的每一位成員。

可惜您離開後，家裡已無多餘的人力繼續務農，只有委託叔公勉強種了兩年，田就荒廢了。加上隨著台北工業化的腳步，所有的良田全化成了一間間鐵皮屋及一棟棟的高樓，昔日清澈的灌溉渠道，成了加蓋的臭排水溝。

但我們也可以很驕傲地說，我們不但從「新莊頭家」的手上，買來我們家那塊曬穀場，而且您留下的田地，一塊也沒少，只是再也種不出稻子了。顧家的您一定常回來，對這些變化瞭如指掌。

您的墓地一定是塊風水寶地。因為自從您走後，家裡就開始有了戲劇性的變化。短短幾十年間，我們家從一個普通殷實的佃農家庭，變成了人們口中的「政治世家」，您日夜辛勤耕作，胼手胝足奮鬥的那段往事，逐漸被遺忘，甚至連曾孫輩也不清楚了。

您生前辛苦養育我們，連身後都還要化成守護神庇佑我們，真是辛苦您了，也難為您了。

從有記憶以來，我每天跟您及先祖母朝夕相處，聽您講述日據時代的種

2 歲時開心地攝於祖父耕作的稻田旁。

1969 年祖父李隨先生最後一張照片，攝於指南宮。

種，和那遙遠未曾謀面的福建泉州安溪（祖籍）。

暑假是我最喜歡的時光，因為有機會陪著您踏著露水、頂著月光，扛著鋤頭巡田水。您熟練地用鋤頭掘開田埂，讓水流到下塊田，算算浸淹的深度差不多了，再將缺口補起來，不用碼錶，更不需水尺，總是拿捏得恰到好處。

您有神奇的力量，到田裡走一圈，就帶著絲瓜、瓠瓜、南瓜、茭白筍回來，再加上自己家裡養的雞鴨，一天的菜就有著落了。偶爾您還會拎著一尾土虱，或抓到一隻斑鳩、捧著一窩鳥蛋回來，那可是加菜的珍饈。

此時您的臉上才會露出難得一見的得意笑容。

一根鋤頭、一把鐮刀，到竹林轉一圈，即可帶回一袋子的竹筍，眼尖的您總會在第一時間，找到竹筍的露頭，用鋤頭把旁邊的土稍微撥開，然後一鐮刀下去即是一支美味的竹筍。

您總是不貪心地只割回足夠家裡食用的分量，其他的留著讓它長成竹子，這樣才能確保取之不盡、用之不竭。

家裡的米缸空了，您會到穀倉裝兩袋米，拉著手拉車，我在後面推著，（其實我常常是推幾下就跳到車上，享受坐車逛街的感覺），到農會旁的土壠間（碾米場），在嘈雜的機器聲中，看著稻穀化成白米、米糠和粗糠。米是人吃的，米糠用來餵豬，粗糠則是餵雞、鴨、鵝不可或缺的添加物，一點都不可浪費。

在施肥的季節，總看著您把一袋袋化學肥料攪拌在一起，（我還記得其中一袋叫硫酸錏，巧的是後來在省府服務時，我還奉派兼任了這家公司的董事），裝成一小桶、一小桶後，頂著烈日，用手灑在每一寸田地上。

化肥有一股濃濃的嗆鼻味，而施肥更是一段極艱辛的過程，但一個星期下來，也不見您喊累。

除蟲是另一項苦差事。您在毫無保護措施的狀況下，用手攪拌農藥，再背著噴灑唧桶，在大太陽底下灑遍田裡。或許就因為長年暴露在這樣的環境裡，在一次灑完農藥後，回到家，您就病倒了。

經過台大醫院診斷，醫生判定是肝癌末期，您一輩子身強體健，就只生了這一次病，沒想到不到一個月，您就去世了。

您走得早，我那時才初一，而且忙著念書，沒有多少機會可以多認識您。

您一生節儉，唯一的嗜好是抽菸，為您到小店買「新樂園」（香菸），是我和弟弟鴻鈞搶著做的工作，因為我的零錢都成為我們的酬勞。

印象中您從未出遠門。有一年，您參加農民節的旅遊活動，我陪著去了趟苗栗獅頭山，那可是一件大事。

那一天，您穿著筆挺的西裝，皮鞋擦得雪亮，還不忘戴上紳士帽，那可是我這輩子第一次碰到的紳士。您雖然每天都在田裡勞動，但穿起西服來，卻像極了有修養的日本紳士，有股特殊的威嚴及氣質，後來我才了解，這和您年輕時的養成教育有很深的關係。

我們最常去的旅遊點，就是圓山動物園及木柵仙公廟。在一張泛黃的照片裡，還能看到您、曾祖父和我，在大象林旺的籠子前合影。

我們最後一次出遊是到木柵仙公廟，那時後山的凌霄寶殿剛落成，您已經生病了，但還未入院。我們在一面有著仙鶴的牆壁前合影，那是我們的最後一張合照，或許也是您在世的最後一張照片。

仙公廟的凌霄寶殿，是我近年來最常參拜的廟宇，那面牆仍在那兒，每次經過總會駐足良久，腦中浮現我們合照的畫面及您的病容。相片中有位容貌清秀的小男孩，他是我的堂弟阿民，您的二弟唯一的孫子，也已離開人世多年，相信您會多關照他。

到我逐漸成長，從泰山的鄉土文獻及耆老的口中，對您有了更多的認識。您畢業於泰山國校高等科，在日治時代初期，那可是一般台灣人所能接受的最高教育。

您的學業成績非常優秀，日籍老師野口豐就先生一直期望您能繼續升學，可惜您的二弟早逝，三弟被徵召去南洋打仗，一去不返，四弟年少放蕩。為了李家一家老小，您只能放棄讀書，負擔起養家的責任。

在農閒之餘，您活躍於泰山壯丁團，展現多才多藝的一面。您是位出色的相撲選手，還是泰山第一位會投變化球的棒球投手。更神奇的是，您精通口琴及單簧管，還曾受邀到台灣廣播電台表演。您的手很巧，會做各式各樣的木工，農閒時還當起木匠，以貼補家用。

日前，在五樓佛堂的走廊上，看著您曾使用的農具及木匠工具，長年任由日曬雨淋，鐵器都生了厚厚的銹，木柄也失去光澤。令人感到心疼又羞愧，不過現在都已移到貯藏室，哪天我們一定會找家農具店好好整理，放在祖厝宗祠裡，留供後代子孫瞻仰，以緬懷那段您及先人胼手胝足的歲月。

我自認沒有您的才華、韌性及責任感，若能異地而處，您生長在現在的李家，相信以您的聰明才智，您的成就一定遠超過每一位子孫。

再過兩年，我就要到達您離開我們的年紀了。

回首生命中將近一甲子，最令我懷念的就是您，雖然我們的緣分只有短短的十三年，但四十四年來，我腦中常浮現您生前在田裡工作的總總情景，我永遠以身為一位農家子弟及您的孫子為榮。

透過您，我和台灣這塊土地及其悲壯的歷史有了更多連結，這也是多年來推動我勇往向前的主要動力。阿公，您放心，我們一定會效法您的精神，踏著您的步伐在台灣這塊土地，認真地生活，過每一分、每一秒。

（完成於二〇一三年九月二十五日）

我家的流轉歲月

我們家自乾隆年間，從福建安溪搬至台灣已兩百多年了，一直都住在泰山。先人的墳墓散在泰山的山頭，因為年代久遠，小時候，每年清明都要在荒草叢中，滿山遍野地尋找每一座墳，聽著長輩們講述，他們所知道的每一位祖先的事蹟。

雖然已經聽了千百遍，但我還是聽得津津有味。更令我好奇的，是墓碑上的「隴西」、「安溪」，那遙遠從未謀面的故鄉，仍深深烙印在每一個台灣人的DNA裡。隱約透露出祖先要我們記住，我們活的時候住在台灣，但百年後還是要回到唐山去。

隴西在哪兒？安溪在哪裡？鄉下人也講不出個所以然，只知道一個在甘肅，一個在福建。

家裡有一本用毛筆抄寫的泛黃族譜，封面上恭恭敬敬地寫著：「仙景清白李氏家譜牒」。每隔一段時間，祖父總會像寶貝般拿出來翻翻，然後告訴我一些祖先的故事，每次都不忘要我牢記一個住址「福建省泉州府安溪縣虎岫鄉全寨厝感化里」，這是清乾隆年間，我們李家來台前的居住地。

這個遙遠的古老地址，在老人家心中有著非常神聖的地位，把這個訊息傳遞下去，也是老人家的重要使命。

幾年前，我到廈門參加會議，在一次官式的接待會中，和廈門市的官員聊起了安溪，碰巧他不但是安溪人，而且來自同一個鎮。在他口中，虎岫鄉現在的地名叫「湖頭鎮」，以產米粉及鐵觀音聞名。

在他的安排下，我有了趟低調的「尋根」之旅。憑著一個乾隆年間的住址，問了兩次路，就找到了。那是一棟不算大的傳統閩南式廟宇建築，遠渡南洋的族人在幾年前寄錢回家，將它修成了我們這一房的家廟。

踏上先人舊地，我彷彿見到了先祖父那長年在田間工作，被曬成古銅色的身影，以及那熟悉的乾咳聲。或許我們的先人真如墓碑上的刻字，總有一天會如鮭魚般，魂歸那從未謀面的安溪。

李姓源自帝顓頊，高陽氏。在帝堯時，高陽氏的兒子臯陶出任「理官」（類似現今司法院長），從此以官名為姓，因此本姓「理」，這是所有李氏族譜的共同記載。

歷來出現的名人有周朝的守藏史（國家圖書館館長）李聃（即李耳，又稱為老子），他是中國著名的哲學家，道教的始祖，被尊為「道德天尊」。不過這段歷史因年代久遠，不可考了，因此在族譜上沒有太多著墨。

到了戰國時代，有了較明確的記載。那是一個「書」尚未同文，「車」尚未同軌的戰亂時代，諸子百家爭鳴，孟子、墨子、韓非子等先哲絡繹於途，向各國推銷自己的理想，希望國家有更健全的體制，為百姓帶來更多的福祉。

我們李氏家族本是趙國人，住在現在的河南，但在秦穆公時代入秦，從此「隴西」（位於現今甘肅）成了祖籍。是什麼原因讓先祖捨棄富裕的中原，而搬到樣樣條件都不俱足的西北地區，是有志難伸或得罪當道，抑或只是窮得活不下去了，如今都已不可考。

在秦國的這段歷史中，有位先祖李信成了秦國大將。他的偉大事蹟就是滅了燕國，活擒燕太子丹。當我第一次讀到這段記載，腦中浮現《大秦帝國》電視劇裡，商鞅變法的那一幕。

商鞅必須在保守、排外的秦國，對抗所有舊勢力，將一個貧窮的邊陲之國，打造成兵強馬壯的大國，替秦國的稱霸大業奠定雄厚的基礎。但因得罪太多既得利益者，最後落得身首異處的下場。

小時候讀歷史，秦國被形容成「邪惡帝國」，用盡各種殘酷的手段兼併六國，當我發現原來我們是秦人時，心情相當矛盾，尤其燕國太子丹更是悲劇的代表人物，因為他，刺秦王的荊軻成了千古烈士，當他們在易水訣別時是何等悲壯。

沒想到這一切，全終結在先祖李信將軍的手中。

我不禁揣想，如果我早知道「真相」，當初在讀這段歷史時，是否還會對秦國恨得牙癢癢的？長平之戰，當秦軍鐵騎滅了趙國，坑殺趙軍四十萬人時，身為趙人後裔的李信，心中會是何等掙扎？

漢朝，我們家出了位名將「飛將軍李廣」，他是李信的五世孫。漢初時，國力並不強盛，匈奴屢犯邊關，李將軍驍勇善戰，一夫當關，拒匈奴於境外，他的事蹟至今仍被傳誦著，成了中國抵禦外侮的代表人物。

「但使龍城飛將在，不讓胡馬渡陰山」，是何等的氣魄。每當國家遭受外敵入侵時，李廣總成為全民最懷念的人。

但到了漢武帝，李廣的孫子李陵獨率五千鐵騎踏破匈奴王庭，不料卻功高震主，指揮官李廣利不但沒派兵增援，反而落井下石，最後全軍覆沒而為匈奴所擒。這一戰更禍延李廣，落得被拔去爵位，抑鬱而終。

這段歷史在司馬遷的〈報任安書〉一文中，有非常詳細的記載。司馬遷為了伸張正義，替李陵求情而慘遭宮刑。名將和文學家相知相惜，可惜不但沒傳為佳話，還以悲劇收場。但司馬遷從此憤而著述，成就了《史記》這部中國最偉大的歷史巨作。

漢朝亡後，緊接登場的是混亂的魏晉南北朝，我們的先祖李嵩在「秦朝明月漢時關」的河西走廊，建了西涼國。

西涼，好一個粗獷的國名，總令人想起代戰公主及她頭盔上那兩條長翎。這個國家國祚不長，僅短短二十一年，也沒有偉大事蹟足以傳世。但根據考證，李嵩是第一位尊崇關羽的王，在往後關羽修煉成為「關聖帝君」的過程裡，是非常關鍵的一位人物。

在南北朝末期，李虎是北魏朝中的一員大將，因此被賜了個鮮卑姓「大野」。這位大野虎有個赫赫有名的孫子叫李淵，是唐朝的開國之君，但也就是因為這一緣故，許多歷史學家言之鑿鑿說李淵是鮮卑人，誠謬誤也。

我們李氏家族有李淵這樣一位堂兄弟，雖與皇位無緣，但也有了「郇王」的爵位。唐初的王族個個驍勇善戰，相信先祖也有彪炳戰功，騎著駿馬遊朱雀大街，是何等威風。

讀到這些史料時，我總遙想先祖是否曾有機會在蛤蟆陵上一睹琵琶女的丰采，欣賞那精彩的琴藝？或是自己府上也有教坊第一部的專屬樂師？玄武門之變時，他在做什麼？相信是選對邊了，否則早被李世民抄家，也不會有今時今日的我們。

到了玄宗朝，那歌舞昇平、文風鼎盛的年代，我們家裡出了位「名人」李林甫。史學家們對他的評價很差，稱他口蜜腹劍、混亂朝綱，直接或間接造成了「安史之亂」，致使唐朝國力大傷，最終步向滅亡。

以他的權傾一時，相信在當代應和李白、杜甫熟識。對做為後人的我來說，更想知道他們怎麼看他？尤其是李白，這位吉爾吉斯出生的隴西才子，恐怕不會給他太好的臉色。

唐朝亡後，所有王族倉皇逃出京城，於是我們揮別了從秦到唐居住千年的故鄉，搬至山東濟州鉅野縣，也就是現在的山東濟寧。

到了五代十國那混亂的時代，先祖李濤曾經官拜宰相，但在動盪的亂世，即使有再大的抱負也難有作為。

從史料顯示，李家一直維持官宦世家，直到宋朝。隨著王朝的頻繁更替，先祖仍能身居高位，保全家業於不墜，這恐怕需要有非常特殊的技巧和人格特質。

但這似乎也是那個時代的風氣，馮道是其中的佼佼者。他可以在五個不同的朝廷擔任宰相，更奇怪的是，後世並沒有用「忠君愛國」這個大帽子來扣他。

在中國歷史上，宋朝是非常特殊的朝代，人民富裕、文風鼎盛。但為了防止再次發生「黃袍加身」的事件，趙匡胤刻意貶低軍人的地位，處處嚴防軍人勢力坐大，以致邊防空虛。他從建國開始，就用非常屈辱的方式來換取國家的太平，對遼如此，對金亦復如此，或稱弟或稱臣，貢金獻帛。

時代推演到北宋晚期，我們家出現了一位文學家李邴。他出現在一個遭逢「靖康之變」的時代。

北宋滅亡後，李邴隨著王室南渡，被稱為南渡三詞人之一，也是李氏家族搬至福建泉州的開基祖。宋詞三百首中選了他的一闋「漢宮春」。值得一提的是，他是蘇軾的再傳弟子、朱熹父親的老師，夾在兩位超級巨星中間，扮演傳承的角色。

有機會和蘇軾這位中國文壇最閃亮的巨星學習，應該是件非常享受的事，但想必壓力也很大。我揣度著，蘇軾是位嚴格的老師嗎？真的如他所自評的桀驁不馴，一肚子不合時宜嗎？蘇軾在遊赤壁時，李邴有隨侍在側嗎？因為蘇軾的關係，李先生想必也是「舊黨」，在當年的新舊黨爭時有被波及嗎？

從年代推算，李邴既和李清照同鄉、同行，又和她的先生同朝為官，兩人應相識，應有機會知曉李清照是個什麼樣的人，以及為何在她流傳後代的詞中所展現的盡是愁緒。

從他所身處的環境，我更忍不住推想，李邴既是徽宗朝的進士，面對這位藝術家皇帝，他有什麼看法？靖康之變想必令他痛心疾首，他是如何熬過那段艱苦的日子？

在南宋高宗朝時代，他擔任過兵部侍郎（等同現今國防部副部長），替這位有名的爛皇帝做事，想必非常辛苦。從他呈給高宗的奏摺，對戰略情勢、調兵遣將，都有非常精闢的分析，對岳飛、韓世忠等當代名將也認識甚深，頗有交往。

面對高宗這樣一位不作為的皇帝，強敵環伺於外、佞臣充斥於內，空有百萬大軍及悍將，卻按兵不動，一味求和。即使宗澤、岳飛所統帥大軍已收復汴京，全國統一在望，但趙構（高宗名）為了保全自己的皇位，寧可用十二道金牌強令岳飛回南京，再處決岳飛父子。

在這過程中，做為兵部侍郎的李邴又扮演什麼角色？我深信，他恐怕是痛不欲生，或許這就是他決定離開政壇，浪跡江湖並移居福建泉州的主要原因。

李氏家族隨李邴移居到泉州後，因為地處邊陲，除了前幾代還有功名外，先人多以耕讀為生。直到清康熙年間，有位族親李光地担任大學士，並對台灣之收復做出具體貢獻。

乾隆五十年，因在安溪的生活困難，先人舉村渡海遷到台灣。在當時一片瘴癘的台北，闖出一片天地，直到今日。

回首過去三千年的家族歷史，從河南到隴西，入長安、走山東、避福建、遷台灣。足跡踏遍了半個中國。這其中住最久的是長安，待最短的反而是台灣。

中國人喜歡問「你是哪裡人」，這要從何說起呢？

先祖或出將、或入相，或在文壇大放光彩，但絕大多數都是純樸的農民，共同點就是每個人都認份並實實在在的生活著。

誰比較重要？誰最有貢獻？事實上，這是個千年的「接力賽」，缺了誰都不行。

幾年前，泰山祖居重修，我奉父命寫了幅對聯「隴西門風　出將入相　祖德懿芳　子孝孫賢」。沒有蘇軾「但願我兒愚且魯，無災無難到公卿」的企圖，只要子孝孫賢，夫復何求？

族譜會繼續寫下去。或許千百年後，對我的描述只剩下兩行字，但願族譜寫的是：他曾經是位認真生活的人。

（二〇一二年九月二十五日）

泰山記事一——農村

一九五〇年代的泰山是個典型農村，除了零星的商店外，四處都是稻田。一條灌溉渠道貫穿整個下泰山，是鄉民生活的最重要命脈。今天我們家的地籍謄本上，仍是以「溝仔墘」為最主要的標示依據。溝仔墘的水圳幹道進入耕種區後，再以中小型水道將水送到每塊田裡。

稻穀在不同的生長期，所需的水深及浸淹時間都不同，水的分配是件非常重要且高難度的工作。每塊田需要讓水停留多久時間、留住多少水後，再讓水流到下塊田裡，在村內已經形成默契，相信這也是數百年來，經過許多次械鬥後所得到的慘痛結論。但是這些不愉快的過去，已不再有人記得，剩下的是鄰里間和諧的競合關係。

因為需要放水、堵水，當年的農村可沒有先進的水閘門，田埂都是粘土做的，農夫熟練地用一根鋤頭做好放水、堵水的工作。

在夜裡巡田水，是一件非常重要的工作。我曾隨著先祖父，踏著月光去執行此一任務，看他專注地看著田裡的水深，確定水流滋潤到每一處角落，再信守慣例將田埂掘開，讓水流到鄰居的田。

因為我們家的田地，並非全部連在一起，而是散布在不同的位置，我和阿公必須逐一確認，每塊田都有足夠的水後，才能安心踏上歸途。

現在回想起來，巡田水的畫面非常美，但在那當下，每晚要離開溫暖的被窩，到田裡工作一、兩個小時，對任何人都不是件愉快的事。然而農夫從未抱怨，千百年來，他們都照著農民曆，按部就班，忠實地執行每一項步驟，只祈求每年都能風調雨順，田裡多收成幾擔穀子，除了能餵飽一家人外，還有些結餘以添置點家私；這樣存個幾年，多買上幾分田，便算是光宗耀祖的「大成就」了。

在我的記憶中，農村裡沒有人能閒著，男人都在田裡耕作，婦女除了準備三餐，忙著養雞、養鴨、養豬等，還要擠出時間種些雜糧作物，例如番薯、絲瓜、瓠瓜、筊白筍及果樹等等，這些除了是餐桌上的菜餚，更是補貼家用的重要來源。

尤其是賣豬的錢，常用來繳孩子的學費、購置兒女嫁妝，或存起來留給老人家看病用。

記得有一年夏天，阿公起了個大早，把種的茭白筍全割了回來，我陪著先祖母把外面的葉子除去，稍加清洗後綁成一捆一捆，祖孫倆提著一整籃的茭白筍到菜市場，不一會兒工夫全賣完了。

回家後，我幫忙數著一桌面的零錢，好有成就感。這是我生平第一次做買賣，也是我和先祖母間的秘密，因為賣得的錢都被她充當「私房錢」，而且當時的媽媽是絕不會允許我到市場拋頭露面的。

當年還沒有自來水，用水全靠鄉公所旁的一口井。婦女在井邊洗米、洗菜、洗衣服，小孩則負責打水並挑回家，把家裡的水缸裝滿。

井旁有一棵老茄苳樹，老人家常拉來一條板凳，坐在上面抽著菸、閒話家常，一坐就是一個下午。這是附近唯一的水源，自然成為所有人的生活重心，以及訊息的交換中心。

與媽媽李子美和弟弟鴻鈞攝於自家農田旁。

印象中，沒有人收水費，也沒聽說誰在負責管理，使用的人總是把水桶物歸原位，周邊的環境也永遠乾乾淨淨的。現在偶爾路過公所，老樹枝葉依然茂盛，但那口井不知何時已經被填掉了。家家戶戶都有自來水，井邊的人際互動沒了，人情也薄了。

小孩，在農村扮演著重要的角色。人手不足的家庭，小孩要餵完牲畜、做完家事才能上學。下了課回到家，較大的孩子負責放牛，小的孩子要到山上撿乾樹枝，撿回後混著稻草，捲成一捆捆的草茵（台語），堆在屋子旁當燃料。

當時的鄉下家庭，沒有瓦斯也買不起煤球，唯一的燃料就是稻草和樹枝。要準備大灶的柴火，不但費時更費工，大人有更粗重的活兒要幹，這工作自然落在孩子身上。還記得，在撿回來的樹枝裡，偶爾會夾帶蛇所產的蛋，也因此材堆裡三不五時會有小蛇突然爬出來，當然很快就被打死了。

回憶那時節，有資格放牛可是天大的榮譽，因為牛是農家最重要的資產。家裡當時養了兩頭牛，不過我年紀太小，沒資格單獨放牛，只能跟在大表哥阿謀及堂叔老盧旁當幫手，偶爾有機會騎在牛背上，過過牧童的癮。但是有好幾回，被牛用角頂了下來，重重地摔在田裡。

牛是一種非常奇特的動物，平時看似溫馴，但當兩頭牛接近時，其中一頭會先發出一種奇特的叫聲，接著另一頭也用同樣的叫聲回應，偶有一言不和，就打成一團，互相以犄角頂得頭破血流，力氣之大，絕不是負責看牛的兩個小孩能拉得開。通常是一個孩子留在現場，另一個回去討救兵。過不久，只見阿公用跑百米的速度趕來，幾經折騰才得以化解危機。這樣的戲碼，一個月總要來上好幾回。

距今五十年前的農村，還沒有濫用農藥，也因此生態非常豐富。田裡有各式各樣的蛇出沒，從無毒的水蛇到劇毒的雨傘節、龜殼花，田埂旁不時會看到牠們的蹤跡，但是通常一出現，很快就被小孩打死。馬路上，每天都可以看到被汽車壓死的各種蛇或烏龜。

除了蛇之外，午後還常看到老鷹在天上盤旋，而母雞永遠是第一個察覺的。牠會迅速地以非常淒厲的啼叫聲，呼喚小雞，並用自己的身體緊緊護衛著牠的小孩。有時，眼尖的老鷹會突然俯衝，往往在即將得手前，村內的大人、小孩紛紛拿著掃帚揮舞、敲打鍋蓋，來保護自家的雞群。

但是時代變了，隨著農藥的濫用，生態系統被破壞，這種場景在現今鄉下也極少見了。我在國外旅行時，每每看到天上有老鷹盤旋，就情不自禁地羨慕當地仍保有健全的生態系統，兒時家鄉經常上演的「老鷹抓小雞」情景，似乎也歷歷如繪。

近年隨著工業化及都市化的腳步，北台灣再也看不到完整的灌溉系統，泰山幾乎一塊稻田也沒有了，先人用汗水經營的良田，變成一棟棟大樓。水道溝渠依舊存在，只是不再具備灌溉功能，流過的清水變成了汙水，上面即使加了蓋，也掩不住陣陣撲鼻的臭味。

我們家所有，最靠近新泰路的那塊田，已經變成了加油站。記得當初要用水泥將田填掉時，家父心裡掙扎了好久，因為填掉的不只是一塊良田，而是與先人的連結與記憶。每次去加油，我彷彿仍能看到先祖父及那群叔祖輩農夫的身影。

比照過去的年代，我們的生活是富裕了，但失去的何止一個生態系，我們失去的更是和歷史與大地的連結。

（二〇一二年一月十八日）

泰山記事二——割稻

收割，是農家最重要的一項工作，一季的辛苦，在這幾天終於可以得到回報。在割稻前一、兩個星期，祖父每天注意稻穀的成長，看看稻穀有沒有飽穗，時不時還會摘幾粒稻穀，剝開後放在嘴裡嚼嚼，那粉粉的澱粉味，至今仍令我記憶深刻。

一旦確定可以收割，祖父會每日焚香祝禱，祈禱不要下大雨、刮大風，否則一季的辛勞就有可能化為烏有。記得有幾年，就是在收割前碰到大風雨，成片的稻穗全倒伏了，這時只能趕緊搶收，否則穀子泡水久了，發了芽，可是一文不值。

打從決定割稻的日子起，就得著手全面準備。首先，祖父會去鄰村雇工，他所雇的幫手多來自桃園龜山，因為泰山的所有人幾乎都在自家田裡忙著，無法騰出多餘人力。而龜山以種茶為主，農忙時段和我們錯開，彼此可以互相支援。

這些工人通常會帶著自己的鐮刀，操著和我們不同的口音，講述著我們平日接觸不到的話題，這些是小孩接觸外界訊息，非常重要的管道。

傍晚，看著他們成排坐著，就著磨刀石磨利鐮刀的刀刃，全神貫注，彷彿即將出征的戰士，為自己的武器做最萬全的準備。晚飯後，遠遠看著他們口叼香菸，圍坐在工寮內的簡易木板床上打四色牌，贏的人笑得嘴都合不攏，邊收起用火柴枝充當的籌碼，輸的人會狠狠地把牌一摔，口中念念有詞，急切地等待下一手好牌。因為賭博不是農村既有的「文化」，這些都成了我們平常見不到的新鮮事。

早上天還未亮，就會聽到廚房裡祖母張羅早餐的聲音。平常我們早上吃稀飯，但這幾天可不行，稀飯不扛飢，鄉下人寧可自己少吃些，但一定要讓替我們工作的幫手吃得飽飽的。

吃完早餐後，大人們扛著農具下田去。不久，遠方就會傳來打穀機有節奏的打穀聲。早年的打穀機必須用腳踩，農人先彎腰割稻，站起身後邊用腳踩打穀機踏板，雙手邊有節奏地左右旋轉，將手中的稻穀全部從稻桿上打下來。每次作業大約三、四個人一組，割稻，打穀，把穀子裝入米籃，再挑到田埂旁，周而復始。不久，一塊田的稻作便化成一籃籃的穀子。

接著就輪到小孩登場了。我們幾個較大的孩子負責拉「手拉車」到田裡，將穀子拉回家曬。那時的農路沒鋪水泥或柏油，拉起來格外吃力，加上四處雜草叢生，有不少蛇藏在裡面，龜殼花、雨傘節等這類毒蛇是我們的最大恐懼，就怕不小心踩到會慘遭蛇吻。

但是上天保佑，雖然我們三不五時會看到蛇的蹤影，但這麼多年下來，倒很少有人被蛇咬到。

做為農村的孩子，還有另一項任務，就是跟在打穀機後面撿拾掉落的稻穗，每次都可以拾穫滿滿的一把稻子，那可是相當大的成就感。

在那個物資缺乏的年代，每粒穀子都相當珍貴。一把稻穗，最終煮不了一碗飯，卻是這麼多人辛勞的成果，我們現在卻何其輕易的浪費糧食。或許就因為童年的經驗，直到現在我仍堅持不隨便浪費一口飯，可能這也是造成我體重過重及血糖偏高的原因之一吧。

農忙季節還有件最重要的事情，就是點心的準備。早上十點左右吃點心，內容一般是鹹稀飯或麵條，這兩種食物是先祖母的絕活，她可以用最簡單的材料，做出最可口又實在的麵或飯。

祖母在家裡把食物準備好後，將一大鍋稀飯或麵放在米籃裡，然後連同碗筷、茶水，挑到田裡，一夥人就在田邊頂著烈日，迅速就食完畢。沒有冷飲、沒有冰塊，但大夥仍吃得津津有味。

下午的點心一般是米苔目。這米苔目可不是市場買的，也是祖母自己做的，那白又Q的粉條就著黑糖水，可是當時的珍饈，也唯有在這個時候，我們才有機會吃到。那個時代的孩子沒有零食，沒有玩具，但這些在農忙才能吃到的點心，以及在田間參與勞動的點點滴滴，卻是我這輩子最美好的饗宴和回憶。

收割的稻子經過一、兩個星期曝曬後，最後一道手續，就是利用風鼓把雜質和稻穀分離，再用麻袋一袋袋裝起來。這時，會看到地主的牛車出現，把該給他的部分載走，這叫做「大租」。

當時看到這種情景，讓我心裡很不是滋味，直到年紀大些，才知道這就是所謂的「三七五減租」，還好有這個「德政」，否則佃農的生活更是沒有保障。

隨著時間流逝，那位地主家道中落，他的部分土地陸續賣給我們家，連我現在住的地方，都是從那位地主手上買來。眼看他起高樓，眼看他宴賓客，眼看他樓塌了，是我長年以來引以為鑑的事情。

農事告一段落後，常常會來另一批「訪客」，這是存在台灣幾百年，一個非常特殊的行業。因為南方較熱，稻子收割得早，於是有些人在屏東買一批小鴨子，以田裡掉落的穀子及昆蟲當糧食，農家也非常歡迎他們的造訪，因為這些鴨子除了吃掉落的穀子外，也順便去除了害蟲，而它們的排泄物更是最好的有機肥料。

隨著收割的節奏往北移，這些人趕著漸漸長大的鴨子，一步步向北移動，等到了台北時，鴨子也長大了，在市場賣個好價錢後，他們再利用這筆錢，採購台北的貨品回南部賣。這種商業模式，符合現在最流行的「循環經濟」概念，更是永續發展的最好案例。

這批訪客非常客氣，只要求借住田裡的工寮，晚上到曬穀場和大夥聊天、討口茶喝。他們的腔調在我們小孩聽來更奇怪，有些話還聽不懂，他們描述的各地風土人情，更是新鮮有趣。

從他們口中，我第一次知道有高雄、台南、西螺、北港這些地方，及各地的風土人情，也對台灣之大有了一個非常美的憧憬。行行出狀元，這一行在康熙年間可出了一位赫赫有名的人，他叫做「鴨母王朱一貴」。

五十年過去了，泰山已找不到一塊良田，農夫成了消失的行業，農具店、土壠間、碾米廠也一間間從街上消失了。

我有時走在泰山街上，依稀還能聽到那些行業獨特的「聲音」，但回過神來，原來只是呼嘯而過的摩托車引擎所發出的隆隆聲。祖父母離開我們也好多年了，當年他們用來醃醬菜的甕還默默站在牆角，只是那淡淡的香味已不復存在。

對台灣鄉土的記憶，是我們最寶貴的資產，看著這些資產隨著社會的「進步」，急速流失，現在的我們，除了偶爾如白頭宮女般，說說天寶舊事外，還能積極做些什麼？這些都在在考驗著台灣人的智慧。

（二〇一二年三月九日）

泰山記事三——廟會

泰山原是一個沿著林口台地而建的小聚落，昔日稱做「山腳」。居民多務農。在地人多是來自福建安溪的移民，因此祖師公信仰是本地的信仰主流，上、下兩間祖師廟儼然成為居民的生活重心。事實上，因為安溪的祖廟（建於南宋紹興年間）稱為「泰山巖」，因而以「泰山」做為我們的地名，以緬懷那遙遠的故鄉。

早年廟裡的雕刻都是回唐山請泉州師父來刻，樑柱一定要用福州杉，才能顯出其堅固與價值，更不用說神像，自是從安溪祖廟所請來。我們這位祖師公的臉是黑的，鄉民稱祂為「烏面祖師公」。據老一輩的傳聞，每當有災難降臨時，祂的鼻子即會自動落下，警告鄉人避難，待災難過去，把鼻子放回即會自動癒合，真是最好的災難預警系統。在二戰期間，由於祖師公的庇護，鄉民躲過數次美軍轟炸，神蹟至今仍被傳頌著。

每隔六年的農歷正月初三及九月十八，廟裡會舉行大拜拜，這是農業社會的一大盛事，經濟能力好的農民會用神豬來表達對神明的敬意。待將豬宰殺完畢後，接著用豬公架把一頭豬撐成龐然大物，口裡咬著橘子或鳳梨，內臟掛在一旁，旁邊豎一根甘蔗，再掛一尾鯉魚。鯉魚的生命力特強，常常離開水好長一段時間，嘴還一張一閉的呼吸著。此時再配上張桌子，八仙彩及香案即構成整個祭祀的配置。

各家豬公經過評比，得獎的「大豬」身上掛滿金牌，連同獎狀和用鈔票釘在一起所做成的幡旗，只有它們有資格擺在廟埕裡，依照得獎順序排列供人欣賞，這是鄉民最大的榮耀。為了這份榮譽，每年春天，有意競爭者遍尋豬種優良的豬仔，日以繼夜灌食，夏天吹電扇、晚上點蚊香。農民們更是互相交換經驗，既競爭又合作，也是農閒時的一項「娛樂」。

沒資格參加比賽的農戶，就把自家的豬供在家門口的路旁進行路祭，誠意絲毫不減。祖師公的神轎依例會繞境享受鄉民的禮拜，同時遍灑法雨庇佑全鄉。

在祖師公繞境的遊行行列裡，八音的陣頭走在最前面，有鑼、有鼓、有鈸、有嗩吶，單調的旋律一直重複地奏著，偶爾夾雜著幾聲低沉的鑼聲，別有一番味道。陣頭後面是七爺、八爺、范將軍及謝將軍，配合著八音，踩著一定的步伐前進。熟練的老手可以腳踏七星步，扭臀擺手，把這些神明都演活了，相信在過程中，連妖魔鬼怪都會逃之夭夭。

接著就是祖師公坐的神轎，由四名大漢扛著，一搖一擺地走著，抬轎子的桿子具有彈性，隨著大漢的腳步，轎子像波浪般非常有節奏地上下擺動。

在出巡的路上，若碰到宮廟，會上演有趣的「會靈」儀式。七爺、八爺、范、謝將軍及神轎都踩著七星步，向宮廟的主神致意，此時鞭炮聲大做、鐘鼓齊鳴，像極了人間的外交禮儀。

陣頭後面跟著的是一群拿香的善男信女，領頭的是當年的「爐主」，那可是要擲筊徵求神明同意，才能享有的「殊榮」。隊伍就這樣繞著泰山走一回，於是人們心安了，也相信今年一定風調雨順、國泰民安。

繞境完畢後，又是另一波高潮的開始。家家各自撤下架上的神豬，著手準備筵席，主菜當然是那隻神豬。此時親朋好友自四面八方湧向泰山，在那農業時代，大拜拜是唯一會造成周邊塞車的原因。

為了準備這一次的筵席，可要耗掉一年大半收入。在那物資缺乏的年代，只有在這個時候才能大快朵頤，親朋好友間也藉著這個機會，串串門子、聯絡感情。

記得有一年的正月初三，曾祖母的弟弟簡屘（我們稱他舅公祖）挑了一擔自己燒的木炭，自樹林走到泰山來吃拜拜。對他來說，那是他所送「最好的禮物」，雖不值多少錢，但那份情誼是彌足珍貴。事隔近五十年了，我仍清楚記得他的面孔，還有那獨特的腔調和爽朗的笑聲。

現在的廟會依舊固定舉行，只是電子音樂取代了八音陣頭，電音三太子取代了七爺、八爺，神轎架在發財車上呼嘯而過，廟前的戲台上仍上演歌仔戲與布袋戲，觀眾卻寥寥可數。

現代人過慣每天大魚大肉的生活，不再有人有興趣吃拜拜，親友間平時靠電話聯絡，原來那份屬於台灣人特有的互動方式，也逐漸消失了。

廟宇香火依然鼎盛，但因一再翻修，修得一點味道都沒了。等我們那天醒過來時，這些寶貴的資產恐已不可尋。趁著腦海中的記憶尚清晰，記錄下來，希望能喚醒國人的文化保存意識。

在我心中，文化創意絕不是靠一群專家去發想，它就在我們周遭，但如今卻在一點一滴流失中。

（二〇一二年一月七日）

淡水河的前世今生

從小，我們老家客廳的神案旁，就掛著一幅先祖父的小學同學李石樵大師所繪的油畫。由淡水遠眺觀音山，寬廣的河面上停著幾艘舢舨。堤防、碼頭都還沒建，八里岸上也沒幾棟房子，這應該是六十多年前的淡水河印象。

隨著時間巨輪的轉動，同一個場景在不同時代、不同畫家的筆觸裡，呈現了迴異的面貌。堤防建了、房子多了，或晴、或雨、或早晨、或黃昏，各有不同的味道。

過去四十多年來，我曾在不同時間、不同氣候、不同季節下，從觀音山、大屯山、七星山頂鳥瞰淡水河，看著大漢溪這條巨龍，從桃園台地向著台北奔來，一路匯聚新店溪和基隆河河水，終成淡水河。一衣帶水，孕育了兩岸的所有生命。

淡江夕照，從清代開始，一直是台灣八大美景之一。所幸百年來，除了在天際線上，出現幾支台北港的吊車有點突兀外，味道並未有太多的變化。

根據清初郁永河所著《裨海記遊》的記載，當時的台北還是個大湖，被稱為「康熙台北湖」。康熙三十三年（一六九四年），發生大地震，震開甘豆門（關渡）的隘口，湖水退去後，形成了現在我們所看到台北盆地及淡水河的樣貌。

三百年，對一條河川來說是非常短的時間，還沒有足夠的地質變化去刻劃、改變它的性格。現代人與鄉土的關係愈來愈薄弱，大多數人不會對某條流水心心念念，默默觀察它的改變，或關心它的命運，然而與我地緣最深的淡水河，見證了我的成長，一直是我的「生命之河」。

淡水河系的大漢溪、新店溪及基隆河，河川坡度相差非常大，基隆河的坡度只有大漢溪及新店溪的十分之一，泥沙粒徑也較其他兩條支流細緻許多。因為坡度較緩，淡水河是台灣少數感潮段非常長，且常年有水的河川，內河航運在百年前仍非常興盛。

根據十九世紀初，西洋人的遊記記載，淡水河的兩岸多是原始林，平埔族原住民生活在其間。隨著大量漢人移入，開山墾荒，原始林化成了一壠壠的茶園及一畝畝的良田。由於水土逐漸遭到破壞，造成河床淤積，淡水河從最早船運可達大溪，節節敗退到三峽、新莊、艋舺、大稻埕，現在只有在大潮發生時，關渡橋以下的河口段勉強還可以維持正常航行。但淡水河的貨運功能已完全消失。

我們總愛用「滄海桑田」來感嘆世事無常，但從淡水河的歷史來看，滄海桑田正是伴隨人類過度開發的必然現象，也是土地超限利用的代價。

民國五〇年代，只有少數幾條橋連接淡水河兩岸，新海橋還沒有蓋，從新莊要到板橋全靠幾艘渡船，人、貨甚至自行車，從新莊老街的碼頭上船，船夫利用一支長竹篙，不一會兒工夫就到了現今板橋浮洲里的沙灘。上岸後緊接著是一段漫長的徒步，才能到達板橋街上。

那時的工業並不發達，家庭汙水藉著河川的自淨能力，已足足有餘，因此河水清澈無比，各式魚蝦在渡船兩邊悠閒地游著。農業時代，每個人都忙於生計，因此看不到悠然垂釣的釣客。

印象中的台北橋，還是一座像西螺大橋般古樸的鋼橋，桁架的意象透露著時光的刻印及歷史的滄桑。曾幾何時，隨著時代進步，這座老橋被一座沒有個性的鋼筋混凝土橋給取代了，跟著消失的是兩岸的碼頭意象，以及特有的台北大橋頭文化。

近五十年來的淡水河發生了幾件重大事件，徹底改變了它的命運。首先是石門水庫的興建，攔住大漢溪大部分的水及泥沙，造成三峽以上的河道嚴重沖刷，五十年折騰下來，河床上的泥沙已蕩然無存，僅剩裸露的岩盤。接著翡翠水庫的興建，又對新店溪河系帶來致命的一擊。水庫的興建固然解決了缺水問題，帶來了富裕，減少了洪患，但對河相及生態的衝擊卻不是工程手段可以彌補，這是身為水利工程師的我，心中最大的拉鋸。

在大台北防洪工程未完工前，淹水是台北盆地最大的夢魘。小時候，每年都有那麼兩三次，水會淹進家裡來，好在那時我們家已經是磚牆建築，耐得住泡水，但隔壁鄰居的土塙厝卻在一次淹水中倒了。

當時尚有美軍協防台灣，美國陸軍工兵團的專家認為關渡的隘口太窄，造成退水不易，是淹水的主要原因，因而建議將隘口炸開。但萬萬沒想到，淡水河的感潮段非常長，在颱風時潮差可高達三米，這一舉措不但沒有解決淹水問題，反而導致海水倒灌，關渡及五股地區的大量良田一夕間全泡在鹹水裡，成了今天的紅樹林及五股垃圾山。

從現在的水利專業知識看來，感潮河段的海水入侵是最根本的常識，關渡隘口固然是排水的瓶頸，相對也是防止海水入侵的屏障，如此重大的決策，必須經過非常仔細的水工模型試驗論證方能定案，當時為何仍犯下如此大錯，令人百思不得其解。

淡水河中下游的河幅平均約四百公尺，但在台北橋附近突然縮為一百五十公尺，成為阻水的瓶頸。當初在研議台北防洪方案時，曾考慮將斷面擴充到四百公尺。但三重在那時已經是人口稠密的商業區，這方案必須進行大規模拆遷及徵地，勢必帶來巨大的社會衝擊。

政府因此退而求其次，決定在二重地區闢建一條新的河道，即二重疏洪道，希望在大洪水來襲時，部分洪水藉由疏洪道直接排到關渡橋附近，降低台北橋周邊水位，以舒緩兩岸的淹水潛勢。

事實上，二重埔雖然不像三重埔那般人口密集，但也是一個具備相當規模的城鎮，拆遷範圍並不小。據當時參與執行的水利署同仁回憶，在拆遷執行的過程中，被遷的住戶和執行的公務員經常抱頭痛哭。更不可原諒的是，這些拆遷戶的補償及配地作業，將近二十年後，在我擔任省水利處處長時才完成造冊，再交給當時的台北縣政府執行，但之後又拖了好多年才完成全部作業。許多原本住在二重埔的長輩，等不及看到這些微薄的補償，早已含恨抑鬱而終。

一九八七年的琳恩颱風，造成台北東區的嚴重水患。當時的專家認為是基隆河流經內湖、南港的河道過於蜿蜒，水流無法及時宣洩導致淹水，於是開始規劃基隆河截彎取直工程，贊成及反對雙方經過多次辯論，最後贊成方獲勝，台北市濱江街一帶才得以擺脫過去雜亂無章的陰影，並造就大直、內湖新都會區及沿岸遼闊的河濱公園。

接著上場的是中山橋要不要拆除的難題。「古蹟保存為先」及「河防安全至上」兩派經過長達數年的論證，並經過水工模型試驗再確認，最後為了沿岸居民的安全考量，台北市政府忍痛拆去中山舊橋，建造一座樑底較高的新橋，才有了今天的面貌。

在一九七〇、八〇年代，淡水河是台灣公共建設的砂石主要來源，河面上常見許多抽砂的船屋連著長長的管子。因為長期超抽砂石，造成河床嚴重沖刷，歷經十多年後，中興橋終於在一次洪水來襲時斷了。經過水利局第十工程處仔細測量，發現沿岸的橋樑都面臨不同程度的局部沖刷，其中剛完工的關渡大橋附近已經沖出一個近三十公尺深的大洞，嚴重危及橋樑安全。

但砂石業者背後多有強勢的民意代表「撐腰」，令台灣省水利局第十工程處進退維谷。我和十工處的許時雄處長商量的結果，由十工處委託台大水工所針對淡水河進行完整分析，再根據我們的結論，全面禁採淡水河砂石。如此才將包括關渡大橋在內的所有橋樑搶救下來。

不料，淡水河砂石禁採後，砂石業迅速移往中南部河川，沒有幾年時間，竟將濁水溪從一條嚴重淤積的河川變成沖刷性河川。印象中，二十多年來頭前溪橋、里港大橋、高屏大橋都曾經斷過許多次，一度甚至危及中沙大橋的安全。

回想當年，雖然及時阻擋業者在淡水河採砂，但如今的淡水河所面臨的卻是大量淤積，除了對河口段的航運造成影響，也對政府耗費巨資所完成「台北防洪計畫」的效果，打了很大的折扣。

水汙染過去一直是淡水河的最大痛處，部分河道甚至達到重度汙染。一九八六年，我剛到台大任教時，曾在環保署擔任顧問，那時正在籌劃一項非常時髦的計畫，叫「海洋放流工程」，將淡水河中游的汙水截流後送到八里汙水處理廠，經過初級處理，再利用放流管排入台灣海峽。

依據現在的觀點，這是一項非常昂貴且不永續的方案，因為將汙水截走，處理完後進行海放，固然可以解燃眉之急，但淡水河仍有大量汙染源無法被截流，水質仍然不好。

同時大家也忽略了，淡水河是感潮河川，當上游來的水量減少，海水自然隨潮汐上溯，造成鹽分入侵。更遑論海放管的長度是否足夠將初級處理後的水排入夠遠的海域？這些水會不會被潮汐再帶回來？會不會因此影響台灣海峽的水質？這些非常複雜且跨不同領域專業的問題，在當時並沒有經過仔細論證，就貿然施工了。

二〇〇三年左右，我應台北鳥會及關渡自然公園之邀，嘗試利用生態工法，改善穿過公園的兩條小溪——貴子坑溪及水磨坑溪——的水質。我們設計了八公頃的人工濕地及一座礫間廠，成功處理一天五千噸的生活汙水，工程費用只花了台幣一千三百萬元，所花費不過是興建一座集中式汙水處理廠所需經費的三十分之一不到。更值得一提的是，人工濕地和自然公園完全相融，經自然處理過的水又再流入河道成為景觀用水。

如今經過多年研究，人工濕地及礫間處理已經具備非常成熟的設計規範。我在台北縣服務這幾年，我們總共建了三百公頃的人工濕地及礫間場，一天可處理高達三十萬噸的生活汙水，節省九成的工程預算，同時創造出廣達三百公頃的公園，交給學校及社區進行環境教育。

再加上當時施鐵腕，拆除了近三十座砂石場，幾年努力下來，淡水河的大部分河段水質終於降到低度汙染，連續五年獲得環保署水質改善表揚，許多指標性的魚種（如和尚魚）再現蹤跡，淡水河也重新展現它的生命力。

記得二十多年前，我們受十工處委託，在淡水河上進行了三場全潮測量，量測潮汐週期水位、流速及鹽度的變化，範圍從新海橋、中正橋、百齡橋到河口，總共動用了十七艘舢舨及數十位同學。

因為淡水河的潮汐週期約十二小時四十五分鐘，我們一夥人結結實實地在船上待了十三個小時，感受漲退潮過程的水位及流速變化。日出時，第一道陽光灑在淡水河面及觀音山上，伴隨陣陣暖風撫面，心裡頓時洋溢幸福的感覺。

日落時，看著一輪暗紅的太陽消失在地平線上，美麗的夕陽餘暉逐漸被觀音山的黑色山影取代，此時海面吹來充滿著肅殺氣息的陣陣涼風，強烈的孤獨感也油然而生。

不久沿岸的萬家燈火逐漸亮起，從船上遠眺，又是另一番朦朧的美麗。淡水河一天、一年、十年、百年的變化可以如此巨大，可以如此美麗，也曾如此汙濁，可以帶來巨災，也同時灌溉著千畝良田，滋養兩岸的黎民。相信千百年後，河水仍會持續流著，在我們有生之年與它共存的數十年間，留下什麼樣的足跡，後代子孫在看，上天在看，自己的良心在看。可不慎乎？

（二〇一四年十月十三日）

新莊記事

新莊，這個有三百年歷史的老鎮，曾有「一府二鹿三新莊」之稱，是台灣開發史上非常重要的一個據點。

當初劉銘傳在興建鐵路時，規劃經過新莊，但因地方仕紳擔心破壞風水，迫使鐵路改經板橋，再加上淡水河河道淤積，帆船無法抵達新莊，從此新莊逐漸喪失重要性，而由板橋及大稻埕取代其交通樞紐及商埠的地位。

但因曾居要津，至今仍留下數座具有三百年歷史的古老廟宇，及一條有著獨特風味的老街，走在其中仍可感受到那份屬於新莊特有的味道。

在新莊的眾多廟宇裡，最著名的就是「地藏庵」，又名「大眾廟」，這是北台灣少有以地藏王菩薩為主神的廟宇。廟裡有黑白無常兩尊巨大神像，看來陰森嚇人，小時候只要接近黃昏就不敢靠近這座廟。據說這座廟還有一個特殊任務，它是陰陽兩界的法院，專門處理人鬼之間的糾紛。

廟裡的執事可以替人寫狀紙，和陰間的冤親債主和解，也因此許多善男信女利用這個方式，解決了累世的業障。供桌上擺滿了和冤親債主和解用的銀箔和黃色的狀紙，人人唸唸有詞，拚命擲筊，希望儘快和對方和解，也有熱心的執事從旁協助，一般都能滿意地回去，心寬了、煩惱放下了，或許身體也真的痊癒了，事業真的成功了。於是一傳十，十傳百，香火鼎盛。

另外一座有特色的廟宇就是「武廟」，或稱「關帝廟」，奉祀的主神是關聖帝君。這座廟最不同的地方，是具有老新莊的建築特色，狹長形的房子從外到裡有六、七進之多。

此廟有三百年的歷史，掛滿歷代皇帝及地方官吏所頒的匾額，具有閩南特色的龍柱及很少見的磚雕。每次踏進這廟宇，思緒常常被帶回五〇年代的情境。我的大姑婆就住在新莊的老街上，聽說我曾祖父的妹妹也嫁到新莊，經營一家頗負盛名的糕餅店。

每年新莊大拜拜，我都和先祖父到新莊走訪親戚。依稀記得大姑婆的家是典型的新莊房子。大姑婆得了那個年代的絕症——肺結核，對她最後的印象是她臨終時的情景及山上的孤墳。她的養子去世的早，所以墳上少有人照料，每年清明，我總會繞去她的墳前除除草、壓壓紙，憑弔一番，聊盡一點後輩的心意。

事隔四十多年，如今的我已是塵滿面、鬢如霜，她應該不認得我就是當年那位可愛的小姪孫了。隨著這些長輩的凋零，親戚間不走動了，新莊也離我愈來愈遠。

在武廟附近的水門旁，有一座歷史悠久的長老教會教堂，依稀記得教堂內有著美麗的彩色玻璃及管風琴。水門的存在，顯示這裡過去曾是一座繁忙的碼頭，各國船舶在此靠岸，也帶來外國的傳教士，著名的馬偕博士即經常在此佈道。

新莊有許多非常特殊的行業，「响仁和」的鼓和「小西園」布袋戲即是。响仁和鼓店位在舊公路局車站附近，我在中學時期通學六年，每天搭車經過鼓店來回兩次，加上過去此處非常容易堵車，每次都要停留好幾分鐘。六年下來，每天耳濡目染，我也觀察到製作一面鼓的每一個步驟。從鼓身的製作、上框，把一片巨大的牛皮緊綳在上面，再用繩索及幾個絞鍊拉著，其中較特殊的手續是在最後階段，師父要站在鼓面上，以特殊的步伐踩踩，我猜想是要利用身體的重量及腳的力道，調整皮革張力到一定程度，使得音質變好。

幾年前，我在台北縣服務期間，有幸碰到响仁和的第三代傳人，和他分享我的觀察心得，他非常詫異有這麼一個私淑弟子，還記得這即將失傳的古老行業。這麼多年來，參加過無數次活動，活動中免不了有擊鼓表演，我都會特別注意鼓的商標，如果是响仁和所製作，總有一份莫名的親切感，如果不是，總覺得鼓聲不到位。

布袋戲是台灣一項非常重要的民間藝術，新莊的「小西園」更是其中佼佼者。小時候我最喜歡擠到戲台邊，看布袋戲師父的「手法」。

一般台上會有三位樂師，負責鑼、鼓、響板等樂器。一位師父帶著三、四位作手，一般都是師父一人表演，其他人只能在旁邊遞遞布偶、跑跑龍套。從文戲時布偶的一舉手、一投足，到生旦淨末丑各具有獨特步伐，師父用五根指頭即將布偶的神韻表現得淋漓盡致。

外行人喜歡看武戲，師父帶著兩三位作手，單靠自己的一雙手，將小小的戲台舞弄得像煞有其事，同時有四、五個人在對打，有主帥、有龍套，當有一方不敵要逃跑時，只要將手往上一拋，戲偶即會準確地落在上方的一根繩子上，之後師父只要隨手一拿，戲偶馬上又加入戰鬥。

在布袋戲裡最困難的是唱腔。一個師父通常要同時扮演五、六個角色，有男、有女、有老、有少，聲調各自不同，他不但不會忘詞，更不會把角色的腔調搞混，真是令人嘆為觀止。

每年的廟會，布袋戲是最受鄉人歡迎的表演，只要是小西園的演出，保證萬人空巷。我的大姑丈林東山先生是個標準戲迷，他可以騎著自行車，追著小西園四處看戲，百看不厭。

在那個年代，新海橋還沒蓋，新莊到板橋唯一的交通工具是渡船，一艘船大概可以坐十個人左右，船夫用一支長竹篙，熟練地把船撐向彼岸。因為這是唯一的交通工具，所以常常可以看到大宗物資也藉由渡船運輸，真是險象環生。

先祖母的娘家在板橋，每年陪她回娘家，我們都會搭上這既新鮮又令人感到害怕的交通工具。記得那時淡水河清澈見底，各式各樣的魚在水中游著，船過之處，常引起魚群騷動，蔚為奇觀。

到了板橋，上岸後要走好長一段沙洲，才會到浮洲仔街上。往往在烈日當空之下，沙地又不好走，我總覺得舅公家好遠好遠，每次都下定決心，明年絕不再來了，但時間一到，還是乖乖跟著先祖母回娘家。

回憶至此，真想陪她再走一遍，只是她已辭世多年。如今從泰山到板橋，開車只要二十分鐘，交通是方便了，人情卻薄了，親戚間反而少往來，只能偶爾翻出當年留下的少數照片，想念著逝去的先人，懷念那曾經清澈的淡水河，及濃得化不掉的純樸台灣味。

三百年來，新莊從一個重要商埠沒落成純樸鄉鎮，又逐漸變身為交通擁擠、違建林立的典型台灣都會，雖然百姓的善良依舊，只是那特有的文化及韻味已所剩不多。地藏庵被擠到國小的圍牆外，武廟被夜市包圍，大拜拜只剩下形式，神明出巡也不再有人駐足觀看，更別談虔誠膜拜。

各級政府成天把文化創意產業掛在嘴上，在我看來，沒有台灣味的文創產業，是沒有生命的，徒然堆砌概念。要談文創，不如多到廟裡走走，多多觀察周邊殘存的蛛絲馬跡吧。

（二〇一二年一月十三日）

第三部

生命中的那些人

記於幼華教授

算算日子，從一九八六年二月到台大報到，已經過二十七個年頭了。期間我曾三度借調，到省政府、台北縣政府及中央政府工作。借調期間雖然每週都會回學校上課，指導學生論文，但總有一種很深的疏離感。兩個全職的工作（但只有一份薪水），常讓我有時空異位、角色錯置的感覺。

每次路過位在長興街的環境工程研究所，我總不自覺地望向三樓於幼華教授的辦公室。只是於老師已退休多年，近年來長住美國，那曾經熟悉的辦公室，窗戶已不再透出燈光，停車場上也看不到他那部車齡超過二十年的老爺車。駐足良久，依稀可聞到那熟悉的長壽菸味道，聽到他低沉爽朗的笑聲。

台大校園內老師、學生，入學、畢業，報到、退休的戲碼，年年都在上演。二十多年來，我看多了也麻木了，但碰到自己熟悉的人離去，難免感到一絲落寞。

剛加入台大土木系時，於教授已是系上的資深老師。因為環工所當時已經脫離土木系另立門戶，因此在最初的十幾年間，我和於教授只是在系務會議上偶爾碰面的點頭之交。

那時的台大土木系是個非常講究輩分的地方，我們這些後生晚輩，面對系上大老們，只有仰之彌高、敬而遠之的份。因為好友朱文生教授是於老師的晚輩，成天uncle長、uncle短地叫，大夥兒自動跟著小了一輩，於是「uncle」成了於老師的代號。於老師本來就老成，也樂得當大家的uncle。

一九九九年，我追隨宋楚瑜省長，結結實實地打了一年的總統選戰。那是畢生的第一場選戰，一群充滿理想的義工，在沒有任何行政奧援的情況下，面對兩大主流政黨的夾殺，卻打得有聲有色、氣勢如虹，若不是因為興票案疑雲處理得拖泥帶水，我們相當有可能贏得那場選戰，台灣歷史也可能因此改寫。

現在回想那過程，有血、有淚，有哭、有笑，酸甜苦辣，刻骨銘心。尤其在最後一週，從期待勝選的雲端，硬生生跌入挫敗的淵藪。

這個打擊，是我人生中重要的轉捩點。因為在此之前，我的生命歷程可說是一帆風順、無往不利，頓時深刻體會到世態炎涼。

經過一段自艾自憐的階段後，我開始認真思索生命的意義，試圖重新建構人生。打坐、讀經、冥想成了每天必做的功課。在一個朋友聚會的場合，聽說於教授精通紫微斗數和西洋星象學，興起我對這位資深同事的好奇，於是在一個課餘午後，鼓起勇氣去敲於教授研究室的門，想向這位長者請益學校沒有教我的東西，或能一解心中的困惑。在研究室門打開的那一剎那，瞬間串起我和這位長者的「累世」連結，也打開了我人生的另一扇門。

於教授祖籍為浙江寧波鎮海，為晚清中法海戰的主戰場。弔詭的是，清軍在鎮海慘敗，但法軍卻在基隆敗給了劉永福所率領的「黑旗軍」，連司令孤拔將軍最後都戰死在澎湖。冥冥中為鎮海和台灣之間，牽起了一段似有若無的因緣。

先生出生於抗戰中的四川，成長於台南的總爺糖廠，畢業於台大土木系，負笈美國深造，並獲得聖路易華盛頓大學環境工程博士，是台灣環境工程界的先驅。他一直以台糖子弟為榮，最常提起的母校是台糖附設學校——南光中學，而不是台灣大學。

據他說，他在博士畢業後，第一個夢想中的工作是回台擔任南光中學校長，後來幸好因資格不符而作罷，否則台灣環工界可能會少了一些英才。

於老師有一位赫赫有名的作家姊姊——於梨華，她的早期作品在我們這一代人間耳熟能詳。但每每在言談中，於老師總暗示他的文筆比姊姊好，彷彿抱怨入錯了環工這一行。據說在一次參訪中國大陸的行程中，碰到對岸一位人類學者，告訴他「於」姓源自鮮卑族，從此於教授常以「拓拔」氏自居。仔細端詳，從於老師的五官及個性看來，倒是有幾分北方遊牧民族的樣子。

環境工程究竟不是我的本行，因此對於教授的專業成就我也無從評價，只聽說他曾發明一台臭氧製造機，捐給某個企業做公益云云。

於教授出道甚早，桃李遍布台灣環工界。他們這一行的人，禮數極為周到，人前人後，總是老師長老師短的，和我們水利界的文化不甚相同，但我總覺得他們雖然周到，我們卻較為真誠。

於老師有一項其他老師沒有的專長——算命。他精通紫微斗數及西洋星象學，而且能把兩者融會貫通。據說是早年在南非休假時，在大使書架上偶然看到一本書，自己鑽研後無師自通。先生論起命來神采奕奕、口沫橫飛，而且有一項職業病，對剛認識的人一定先問星座，然後自動評論起來。

他在還沒退休前，每隔一段時間總會為我批一張流年命盤，怕我資質駑鈍，不能理解其中奧秘，還會貼心地附上一張解說，字裡行間充滿了一位長者對晚輩的叮嚀及關懷。

這些命盤，至今我仍妥善保存，想要等退休後，再跟於老師仔細核對其準確度。若是精準，於老師就可以正式掛出幡旗，以此謀生，說不定可再創人生的另一波高峰。

於教授寫了一手漂亮的草書，可惜太草了，我始終看不懂，每次都要再三琢磨才能了解全意。

他雖然文筆極好，但古文記得不多，這是我最常和他開玩笑的話題。他總不服氣地說，我只會背但不了解其中含義，其實我只是故意露個破綻，逗他開心。走筆至此，想到今年都快過一半了，那張筆跡漂亮卻看不懂的流年命盤還沒收到，頓時感到悵然若失。

那段在黑暗中摸索的日子裡，我經常打坐、冥想、讀經，幸好有於老師在旁關照，路才沒走岔，也託他的福，得以認識吳美雲、黃永松、王悟師等「道上」的朋友，增長許多智慧，在思想上更自由、態度上更自在，就此改變了人生的軌跡和命運。

這些朋友的有形、無形相助，為我化解了一道又一道的難關，讓我走在「道上」，不但心裡踏實多了，更深深體會到天命、命運與運命的道理，了解人生的偶然與必然，更重要的是有了「泰然處之」的智慧。這些都要歸功於老師的有心植樹或無心插柳。

多年前的一場聚會中，一位「道上」的朋友直言，於老師的前世是南宋某得道真人，師承呂先祖。某種程度上，這或許解釋了先生為何擁有淡泊名利的個性，以及通曉命理、無師自通。令我納悶的是，道人多為仙風道骨，少有體型像他如此壯碩。

不過從此每隔一段時間，於老師總會邀大夥兒回「家」，上指南宮走走，一則拜謁仙祖，一則尋求指點迷津。或因確有其事，或因心理作用，每次我們一夥兒人，尤其是夏鑄九，總會得到滿意的答案。

但許是呂先祖護徒，於老師的收穫總是最豐碩。如果如此，呂先祖護短這點倒和於老師十分相像，只要對他的學生有負面評價，他總會極力為其辯護，若自知理虧，則顧左右而言他。

這段和道教的因緣，也為於老師的菸不離手找到了「理論基礎」，他老是說以前終年香煙繚繞，熏慣了，所以菸也戒不掉了。

於老師長年推動永續發展相關議題，和余紀忠文教基金會余範英董事長攜手，推動一系列的環境、水利、氣候變遷及「社會公與義」論壇，發揮了承先啟後、振聾發聵的功效，對台灣公民意識之喚醒起了相當大的作用。

個人忝為基金會一員，得以認識幾位關鍵前輩，讓我在往後專業的成長，以及關注議題的多樣性，得到許多啟發。日後更數度參與基金會所舉辦的大陸參訪活動，足跡踏遍大江南北，殊為人生的寶貴經驗。

現在基金會仍在積極運作，但會場少了一個壯碩的身影及淡淡的菸味，總有遍插茱萸少一人之憾。每次開完會，余小姐總會嘟噥兩句：「於幼華這死傢伙，也不曉得快回來做事，不理他了。」

綜觀於老師，既是環境工程專家，也是位極富文化素養的科學研究者。但先生極為內斂，非深入交往很難窺其全貌。於老師平時待人溫和有禮，但嫉惡如仇，只要犯了他的忌諱，不管對象是誰，絕對嚴厲指正，不假辭色，無形中得罪了不少人，也吃了些苦頭。

但也因為他在遣詞用字上極有修為，批評總是點到為止，恐怕很多人即使被他罵了，還不知道於教授真的生氣了。

網球是於老師的最愛，他走起路來雖然龍鍾，但在網球場上卻身手矯健，判若兩人。每星期一、四晚上八到十點，在台大的紅土球場總會看到於老師的身影，若未出現，肯定不是出國，就是有天大的事情。

於老師因為極怕熱，長年像冬候鳥般，夏天住美國，冬天住台灣。轉眼秋天又到了，期待很快能在校園裡再次看到於老師的身影，及收到那張字跡優美但看不懂的命盤。

（二〇一三年七月二十六日）

老夏要退休了

幾個月前聽老友們在嚷嚷，老夏要退休了。真的嗎？從此台大校園內，我又少了一個好友，一個傳奇（legend）。

對學校領導來說，老夏退休，也許是少了一個麻煩製造者。

兩年前，於幼華老師退休時，感覺還沒那麼強烈，總覺得於教授老成持重，年高德劭，是該退休了，但老夏丰采翩翩、毛毛躁躁，怎麼轉眼輪到他了？算算日子，再過不久，我也會被列入退休序列的前段班了，令人一則以喜，一則以憂。喜的是，那可隨意四處遊山玩水的日子真要來臨了，憂的是，這輩子就這樣子了嗎？讀了半輩子的書，從事三十年的教職，進入各級政府的歷練，走遍大江南北，就這樣放下了嗎？心中不免有「壯志未酬」的強烈感覺。

記得一九八六年，我剛到台大報到時，土木系來不及安排辦公室，暫時將一位進修中老師的辦公室借給我使用，聽說那個人叫「夏鑄九」。當時心裡一直嘀咕，禹鑄九鼎，好大的口氣，到底是何方神聖有著這麼一個響亮的名字，挺適合學水利工程的人。

不久後，聽人說夏鑄九是學建築的。回想當時，環顧四周，只有偌大的老舊木書桌，以及塞滿各種書籍、雜誌的木書櫃，永遠飄散著圖書館特有的書香味，確實像一個學建築的人的辦公室。

後來又聽說，在我加入土木系以前，他是全系最帥的老師。但因那時忙著做研究、教學及升等，不久後，建築及城鄉研究所也自立門戶，所以除了在系務會議碰到時禮貌性寒暄，一直沒有機會深入交往。只記得他是個永遠保持一頭亂髮，講話速度很快、講話時手勢很多的年輕教授。

城鄉所是從土木系分出去的單位，充滿理想與批判的氛圍，有著濃濃的夏老師的影子。在工學院裡，大家都戲稱他們是台大的「麻煩製造者」，每一個社運場合，都可以看到他及學生的身影，從樂生療養院、溪洲部落、社會住宅，到文林苑都更案等等。

這些案子恰恰和我所從事的公職職務息息相關，所以和老夏有著非常微妙的關係，亦敵亦友、又愛又恨。他的「盧」勁，讓人恨得牙癢癢的，但那份不合邏輯的赤子之心，又常常令人莞爾。

因為這些烽火連天的社會運動，我和老夏有了更頻繁的互動，也因此認識了在他周遭的一些藝文界朋友，讓我的生活變得更多元、豐富，也開啟我探索人生的那扇門，從對弱勢族群的關懷、人性的探索，以及對生命意義的追尋，到生命價值的再建構，徹底改變了我的人生軌跡與命運。

我也從一個工程師，進化成為人性的關懷者，更能體會美國前眾議院議長歐尼爾（O'Neil）的那句名言：「政治不外人性的關懷」（All politics is human-concern）。

或許是內心改變了，人生的方向與軌跡也跟著轉變。在往後的歲月中，沒有自滿，只有愈發謙虛與臣服，「因無所住，而生其心」成了我的座右銘，更能體會人生的「偶然」與「必然」。這些都要感謝老夏的無心插柳。

近年來，夏老師開始在修行的道路上摸索，跟著黃永松大哥做徒弟，穿著

「漢聲」的唐裝，隨身帶著相機，煞有介事地記錄周遭的人、事、物；老夏也開始學會品酒，看他拿出那號稱具有「能量」的袋子及容器，跟大家解釋如何增加酒的質量，姑且不論是否真有效果，但那虔誠的模樣著實可愛。

回想當年，「漢聲」黃大哥在為他舉辦的六十歲生日宴中，送他一首詩，裡面用「花甲少年」四個字來形容老夏，真是再貼切不過。

城鄉所師生在板橋林家花園為老夏舉辦的歡送會裡，各方豪傑齊聚。看著老夏伴著王心心老師手彈琵琶吟唱的《心經》專心打坐，清風、明月、琵琶，樓台、亭榭、流水，好一幅和諧的畫面。或許沒有李白〈春夜宴桃李園序〉的丰采，也無俞伯牙、鍾子期的壯烈，但好友們的誠心祝福卻是滿滿的。

借用心經咒一句「揭諦，揭諦，婆羅揭諦，婆羅僧揭諦，菩提薩婆訶」，祝夏老師早日渡上般若充滿自在的彼岸。

（二〇一二年六月一日）

記《漢聲》吳美雲

一九七八年十二月十六日，美國宣布與台灣斷交，美國政府派助理國務卿克里斯多福到台灣，告知這個晴天霹靂的壞消息。

挫折、憤怒的學生及群眾，包圍美國代表團的住處及總統府，這在戒嚴時期的台灣，可是犯了大忌的大事。那時我正在憲兵學校受預備軍官訓練，當天清晨緊急集合的淒厲哨子聲，叫醒全校弟兄。我們奉命著裝，吃完簡單早餐後，上了軍用大卡車，在晨曦中浩浩蕩蕩地朝台北方向出發。

那一天的集合據點在台北賓館。這是我生平第一次，踏進這座從初中開始，每天經過的神秘花園。它的樓台庭院是雄偉的歐式建築，聳立的大樹、噴水池，看得我們這群從未進過大觀園的劉姥姥們眼花撩亂。

台北賓館當時是緊急應變中心的「前進指揮所」，年輕帥氣的新聞局長宋楚瑜先生負責所有對國外的聯絡事務，台北名媛《漢聲英文雜誌》發行人吳美雲小姐則負責翻譯相關文件。這是我和在未來生命中的兩位重要貴人，第一次在同一個時空相遇。他們當時已赫赫有名，而我只是一名擔任警衛工作的少尉軍官。

《漢聲雜誌》是由吳美雲、黃永松和一群好友，在一九七一年創辦。當初的目的是向西方世界介紹中華文化，所以是以英文出版，英文名稱為《*ECHO*》（回音），中文則取「大漢天聲」之意，簡稱「漢聲」。

那時中國大陸鎖在鐵幕裡，台灣成了傳承中華文化的唯一搖籃。《漢聲雜誌》是外國人擷取中華文化的最佳管道。到我念大學時，《漢聲雜誌》已經頗負盛名，出版一系列有關中華文化的書籍，在當時相對貧瘠的出版界裡一枝獨秀，也是在大學生中廣為流傳的暢銷雜誌。

記得我買了其中兩本有關泉州人、漳州人為主題的雜誌，讀得津津有味，開啟了我對遙遠的那片土地的好奇心。現在回想起來，《漢聲》的編輯風格從來沒有改變過，有著濃濃的吳美雲及黃永松的味道，這就是《漢聲》，有其變與不變的原則。

出國留學期間，隨著三個孩子相繼出世與成長，漢聲《中國童話》與《小百科》系列，成了我家最好的兒童教材。每天為小孩讀一篇，小孩愛聽，大人也獲益匪淺。事實上，很多中國歷史典故，我反而都是在國外那段時間重新複習。

一部書可以編到老少咸宜，百讀不厭，確實不易。這幾年和《漢聲》有了較長時間互動，也有機會參與一小部分的出版作業，才明瞭這可是累積多年的硬底子功夫，也只有吳美雲和黃永松這種有形與無形的領導特色，對中華文化以及探索生命本質的熱忱，加上一群有理想、有赤子之心的工作夥伴，才可能有這樣的火候和品質。

在二〇〇〇年的總統大選挫敗後，宋楚瑜省長交待我成立水利環境基金會，繼續推動與荷蘭 IHE 大學合作事宜。隔年，我們要推動水環境教育相關計畫，正苦惱沒有適當的合作夥伴，宋省長丟下一句：「去找漢聲吳美雲。」

雖然《漢聲》如雷貫耳，但吳美雲這個名字我可是第一次聽到，嘀咕著要上哪兒去找這個人，不斷忖度「這樣會不會太冒昧？會不會吃閉門羹？」

過不久，於幼華教授推薦我去崔玖老師的總體醫學研討會擔任與談人。在聽完崔玖老師有關能量醫學的精闢論述後，我硬著頭皮上台，講了二十分鐘左右有關氣候變遷及大小宇宙平衡的觀點。雖然不見得切題，卻引起很大的迴響。

中場休息時，我正和聽眾交換意見，突然從身後傳來，帶著淡淡廣東腔的宏亮聲音：「我是漢聲吳美雲，我可不可以認識你？」

「吳美雲，宋省長正交待我去找您呢！」我驚呼。就這樣，承蒙 Linda（吳美雲的英文名）不嫌棄，從此我和 Linda 結下忘年的不解之緣。

Linda 出身國民黨黨國元老家庭，父祖輩聲望顯赫，從小在國外受教育，骨子裡徹頭徹尾是個外國人，直到回台灣創立《漢聲》後，才開始學中文。據說她年輕時可是台北的名媛，可惜我無緣見到。

我認識的吳美雲，聲如洪鐘、笑聲爽朗、頭髮灰白、體重破百，長年穿著別上八卦徽章的黑色唐裝、黑褲子、黑皮鞋，頭頸及手上常年戴著天珠項鍊及手環，腰間拽著一串小金鋼杵。

她是位美食家，及無可救藥的可口可樂愛好者，總是隨身揹著黑色登山背包，包裡的內容物不清楚，但一定有筆記本及小錄音機，這應是長年進行田野調查所養成的習慣。因為接受過多年記者及編輯的訓練，她對很多事物都抱著強烈的好奇心，我所知道的就有特異功能、古琴、氣功、金鋼杵、天珠，到治水及氣候變遷……，雖已年過花甲，但在新鮮事物面前永遠像個用功的小學生。

她是最好的學生。在老師面前，恭恭敬敬地執弟子應有的禮數，招呼交通、起居飲食，鉅細靡遺。上課時聚精會神，勤做筆記加錄音，唯恐漏掉任何一點細節。老師交待的功課，舉凡飲食、打坐、閉關，無不確實遵守，但喝可樂除外。我有時甚至認為，她喜歡我的造訪，是因為可以為她喝可樂找到正當性。教了一輩子的書，有學生如 Linda，可真是為人師表最大的福報。

雖然沒有太多觀察的機會，但我相信 Linda 是位待部屬很好，但要求很嚴格的老闆。她對原則的堅持及對很多細節的要求，絕不馬虎，相信這也是《漢聲》從草創，到成為中文世界最受歡迎的出版社之一的主要原因。

據說，因為過去不當練功的關係，Linda的身體狀況一直起起伏伏，甚至數度瀕臨死亡，多虧幾位老師的加持和醫治，加上自身的修為，總能化險為夷。印象最深刻的是在金融風暴期間，她正奉師命閉關，眼睜睜看著一輩子辛苦累積的資產，大半化為流水，卻又無法出關相救，內心之煎熬不是一般人所能想像與承擔。

事後，她告訴我這件事過程及損失金額時，沒有任何情緒起伏，好像在說一個和她完全不相干的故事。最後只淡淡地說，事發後兩天她幾乎想自殺，但當她決定「放下」，解決的方案及貴人就出現了。原來是上天要《漢聲》一切歸零，從新出發。這是何等的修為。

看著Linda及黃大哥知命、認命、樂觀的身影及態度，對我來說，恐不是「佩服」兩個字可以形容。他們應已完全掌握「命運與運命」之「伏而起之，起而伏之」的訣竅了。他們是以出世的態度來投入入世的志業的最佳典範，有為者亦若是。

Linda在兒孫面前，也有她為人母、為人祖母的母性慈祥那一面。對朋友，她有真誠的一面；雖然嫉惡如仇，但也有她慈悲的一面。不管哪一面，她都能掌握得很好，而且不露痕跡。

日前在江老師的法器及咒語聲中，看見 Linda 法喜充滿，面色紅潤，眸間依稀能看出昔日台北名媛的丰采，但更多的是慈祥、堅定的毅力及使命感。借用江老師的一句話，「老菩薩，您要活到一百五十歲」。祝禱 Linda 身體健康，法喜充滿。

（二〇二二年十二月三十一日）

萬水姊姊，一路好走！

一九九九年，宋楚瑜先生競選總統，對於我是一次很重要的人生經驗。當時宋先生身邊沒錢、沒人，沒有任何奧援，赤手空拳對抗兩個龐大的政黨，兩面作戰、腹背受敵。宋家軍由原先的政府軍，變成國民黨的叛軍，還要面對國家機器的監視、監聽及監控。

剛開始，宋先生的競選辦公室就設在宋奶奶家旁邊小巷裡的一間舊公寓，一群志工靠著兩隻手，開創出全國競選總部的規模，最終席捲全台四百三十多萬張票，幾乎贏得這場選戰。

在選舉過程中，萬水姊姊是整個團隊的支柱。她總是在最適當的時候出現，扮演潤滑劑的角色，然後又隱身幕後，把光環留給省長。她也成立了一支婦女部隊，把選戰打得有聲有色。

這支純由志工們組成的「雜牌軍」，雖然熱情洋溢，但因人多嘴雜、紛爭不斷，幸好有萬水姊姊居中穿梭，化解不少危機。最後結果雖然不如所願，但在這過程中，逐漸凝聚革命情感，也建立團隊精神，最終催生了「親民黨」，也算對台灣民主做出具體貢獻。

二〇一二年七月，電話那頭傳來昔日省府同事的啜泣聲，他說賈霸（昔日省長隨扈隊長）走了，廣公（王廣生，原省府政風處處長）走了，現在連老闆娘都走了，說著說著，一個大男人突然嚎啕大哭起來。這哭聲道盡了「凍省」的委屈、幾次大選的挫敗，以及許多老夥伴有志難伸、壯志未酬的心境。

掛了電話，我的腦筋一片空白。中興新村的一草一木，昔日上山下海的每一個行程，親身參與的兩次總統大選，千般往事、萬般曾經，那未曾痊癒的傷口再次被掀開，痛徹心扉。

第一次看到萬水姊姊，覺得她雍容華貴，臉上堆滿笑容，像極了我熟悉的眷村媽媽。因為當時我是最新進，也是最年輕的成員，加上個性拘謹，和大夥兒很難打成一片，她總是特別招呼我，讓我沒有被忽視的感覺。

一直以來，她謹守分際，印象中除了官式活動，從沒在省府大樓出現過。每次有機會到官邸開會，她總是熱忱地招呼茶水後就自動走開，從不參與大家的討論。有幾次，她刻意留我下來陪省長吃麵，同時交代我要慢慢吃，因為只有這樣，省長才能專心、而且安心地好好吃一頓飯。因為那時彼此沒那麼熟，吃那頓飯雖是如坐針氈，卻也因為她而如沐春風。

值得一提的是，我剛擔任水利處長沒多久，宋省長及夫人分別打了通電話給我，「有事，省長會直接交代你，我們家任何親戚朋友找你，都不用理會。」雖然他們的親友從未找過我，但這通電話讓我心理踏實許多，無形中有了更大的揮灑空間。

記得那時，勘災是宋省長最重視的工作，他的習慣是天氣愈不好，愈喜歡搭飛機，尤其是直昇機。我們常戲稱，搭飛機像「放風箏」一般，而且常常因為側風太強，飛機降落時很少兩個輪子同時著地。

有一次，從南投竹山回中興新村，直昇機起飛後，天氣驟變，無法目視飛行，為了防止撞上高壓電塔，直昇機拚命爬升，最後是靠空軍導航才得以安然降落。當晚省長被夫人臭罵一頓：「你自己不要命就算了，為什麼要拖著那些年輕人一起賣命！」以至於第二天的澎湖之行，我們全部改搭魚雷快艇，結果因為海上航行不穩，更搞得人仰馬翻。

宋夫人雖不參與公事，但她會在一旁仔細觀察同仁的表現和反應，偶爾提一些關鍵的問題，來驗證她的觀點。幸好我每次回答都算得體，因此頗能獲得她的信任。

在夫人出殯這天，我站在二殯的雨棚下，和過去的省府同仁再度聚首，十多年不見，這些昔日的悍將，個個塵滿面、鬢如霜。適逢颱風過境，強風夾著大雨，那情景正是同仁心情的最佳寫照。引頸企盼了一個鐘頭，因公務在身，終未能親送夫人最後一程，我深以為憾。

萬水姊姊慢走，您的手采將常駐在我個人，以及台灣人民的心中。「It is a great honor to serve you, Madam. 我很榮幸有機會在您手下工作過，也非常珍惜那曾經共同經歷的點點滴滴」，這是我最想向您說的一句話。

（二〇一二年八月六日）

又記：在書即將付梓的今日，夏龍兄也在前年離開我們了。這位昔日蔣經國總統身邊的武官，宋省長的左右手，省府研考工作的執行者，我初入公門的教練。曾經英姿風發，但經過兩次總統大選的挫敗及其他私人因素，竟不敵病魔之摧殘，英年早逝。壯志未酬應是夏兄及許多省府同仁最大的遺憾。夏兄和省長及夫人，擁有多年的私誼，但應對進退，分寸拿捏得恰到好處，是我們這些後輩學習的對象。緬懷故友，不勝唏噓，為文記之。

第四部

隨心與隨筆

生態池記

舟山路，車水馬龍，曾經是台北市非常繁忙的一條路，經過多年的努力，路封了，成了台大校園的一部分。

隨後幾經改造，打造出一座生態池，成了台大的新地標，很快取代了那大而無當的醉月湖。更美妙的是，它就位在舊瑠公圳的進水口處，也是我在水工試驗所的辦公室旁邊，增添了我每天上班的樂趣和期待。

生態池的構造相當簡單。它是一個具有不同水深設計的池子，湖面上種了多樣的水生植物，水生植物除了景觀用途外，最重要的功能是透過附著在植物根系的微生物，製造底棲浮游生物生存的條件，不但淨化水質，也形成食物鏈，於是蟲來了、魚來了，鳥也跟著來了。這一切都在設計師的預料之中，看在民眾眼裡卻彷彿是魔術師手中的寶盒，每天都會有一些不常見的鳥兒來造訪。

第一個來訪的嬌客是鷺科的鳥，有蒼鷺、夜鷺、大白鷺、中白鷺及小白鷺。據說牠們是台灣陸地上最大的飛禽，像神殿的守護者，紋風不動，一逕挺立，用那神秘的眼神盯著水面、盯著獵物。如果你的運氣夠好，會看到牠們迅速鑽進水裡，立刻叼起一條魚再一口吞下，那動作成熟老練，絕不拖泥帶水，真正達到「靜如處子、動如脫兔」的最高境界。

看來台大應該要求各系所的學生，至少每週一次，安靜地坐在湖邊仔細觀察，相信會比任何教授的課都來得精彩受用。

偶爾，在離水不遠的柳樹梢上，會看到俗名「魚狗」的翠鳥，一隻色彩繽紛的小精靈，居然同時有著兩個意境截然不同的名字，因此很少有人會把魚狗和翠鳥聯想在一起。因為體積小，牠的心臟跳動速度非常快，翅膀拍動的速度也特別快，常常看到牠在水面和樹梢間不停地上上下下，像極了蜂鳥。或許是觀察不夠，我不曾有幸看到翠鳥狩獵，否則想必一樣精彩可期。

這湖面還有一位外來客，就是紅冠水雞，牠們是在歐洲常見的嬌客，居然也在此地安家落戶，真是令人驚豔。起先只見一隻，不知什麼時候來了另外一隻，過了一段時間，鳥爸爸、鳥媽媽竟帶著一群小朋友在湖面上列隊遊行起來，令人不禁讚嘆起造物者的偉大。牠們剛出現的時候，我很擔心小傢伙們的安危，深恐牠們一不注意就被蛇或其他動物叼走，天天在湖邊數小鳥的數目，非得等到都數齊了，才能放下一顆懸著的心。

不知在什麼時候，有好事者在池內放生了幾隻鴨子，鎮日聒噪不說，還留下一堆羽毛及排泄物，破壞了原本的和諧畫面。

當然，生態池中最重要的主角就是魚了。這裡的魚以鯉科為主，因為沒有天敵，有熱心的民眾每天前來餵養，數目因而急劇增加，加上體型龐大，真可用「魚滿為患」來形容，喪失了游魚應有的倏忽、美感及意境。另外一個意外的訪客當數烏龜了，這也是放生者的傑作，同樣先是一隻、兩隻，接著繁衍成一個家族，在炎熱的午後，看著牠們趴在石頭上曬太陽，悠然自得，燠熱的暑氣不自覺地消褪不少，人也跟著慵懶放鬆了。

這個生態池有一個設計很好的步道，讓人可以親近水面，享有一部分的隱密，又不會打擾湖面上的嬌客。可惜因為遊人如織，除非深夜或清晨造訪，很難享受設計者原來規劃的那份美意。

生態池邊種了許多樹木。比較特別的是兩棵少見的大雞蛋花，花季來時，光禿的樹枝上，點綴著朵朵白花，別有一種特殊的意趣。水邊當然少不了有幾棵柳樹，柳枝隨風擺曳，加添幾分詩意與涼意，還可看到幾叢野薑花，美麗而不妖豔的小白花，靜靜地站在水池旁飄散出淡淡清香，在一片盎然綠意中，洋溢出白色的亮采，誰說「出淤泥而不染，濯清漣而不妖」只適合用來形容蓮花？

曾經，無數個夜晚，我拖著疲憊的步伐步出研究室，在生態池旁駐足，享受那清風、月色和月下獨有的寧靜，看著映在水面的月光，心思從枯燥的研究工作飄向遙遠的太虛，一天的疲勞頓時消除，在那當下只有天空、明月、清風與我，一時之間，這個生態池成了我個人的獨家饗宴。

一個生態池，造就了一個獨特的生態系統，它的美麗在於它的和諧，在於它的生命力。在這裡，每個生命各自找到它的生存空間，隨著四季演替，奏著自己的樂章，畫出最美的圖畫。在這裡，人們也找到自己的樂趣，得到不同的啟發和靈感，小朋友學到了生態知識，老人家找到了祥和寧靜，畫家有了靈感與題材，情侶也發掘屬於他們的私密空間。

每天，當第一道曙光照向這個池子，也揭開了一天的序幕，所有的故事就此一再幻化、演繹，為宇宙生命做出最佳註解。

（二〇一一年十一月二十七日）

登觀音山

觀音山這座擁有神聖名字的小山，屹立在淡水河口左岸，和對岸的大屯山形成一個關渡隘口（古名甘豆門），曾經是康熙台北湖形成的主因。

在清康熙三十三年間的一場七級大地震中，隘口意外被打開，水退了，台北盆地就此誕生，也造就近二百年台灣唯一舟楫頻繁的內河航運，各大港埠應運而生，創造了近兩百年榮景。但也因為交通便利、經濟繁榮，大量漢人擁入，開山、伐木、採礦、種茶，嚴重破壞水土保持，於是淡水河開始淤積，內河航運的終點從大溪慢慢退到三角湧（三峽）、新莊、艋舺（萬華）到大稻埕，現在僅剩滬尾（淡水）附近還勉強行駛中型船隻。

上述的這些城鎮也在不同的年代，獨領風騷，發展出各自的獨特風貌，至今仍風韻猶存。長長的老街，各式各樣的傳統店鋪夾雜其間，偶爾也會有一些有著亮麗外表昭和時代的洋式建築商號。牆壁上斑駁的馬賽克拼花，殘缺的堂號匾額，仍訴說著昔日的榮景。當然這其中少不了天后宮、關帝廟，因為是航海人主要的守護神，因此都座落在整條街道最重要的位置。偶爾會看到三山國王廟，透露出過去曾有客家聚落存在。簡單而莊嚴的長老教會哥德式禮拜堂，則是昔日西洋傳教士的主要據點，其中甚至仍能看到且感受到馬偕博士的足跡。這位為台灣帶來西方醫學及教育的加拿大傳教士，雖已離開這塊土地一百多年了，仍舊為台灣人們感念著。文人喜歡用滄海桑田來形容人世的物換星移，殊不知盲目的開發，對大地的予取予求，才是造成滄海桑田的主因。

民國五〇年代，台北盆地沒有多少高樓大廈，從我所就讀的小學教室窗戶，即可遠眺觀音山，就這樣相看兩不厭的，陪我度過人生最初的學習階段。每天看著山頂的雲彩變幻，忽而晴空萬里、忽而烏雲密布，偶爾有片祥雲罩著山頂，我總想像那是菩薩的「坐騎」，此時菩薩一定駐蹕半山腰的凌雲禪寺，當即感受到佛光普照，一股幸福感油然而生。

初中到高中那六年，我每天從泰山通學到台北。早上迎著觀音山的晨曦出門，在不同的季節，清涼的空氣中可聞到大地不同的氣味。最難忘的是在收割季節，從遠處傳來打穀機那特殊節奏的聲音，空氣中迷漫著淡淡的稻草香，頓時忘了繁重的課業，彷彿置身在一片大草原裡。在美國留學的那段日子裡，每當隔壁鄰居在除草時，那聲音、那味道，常把我的心思帶回遙遠的故鄉，勾起一股淡淡的鄉愁。

放學時，從中興橋上能欣賞到美麗而且百看不厭的觀音山落日及晚霞，雖然每天大同小異，但細細品味，它可是千變萬化，風姿萬千，隨著當下的心情而有不同的感受與體會。不管心情好或壞，每每看到這景象，就知道家快到了，緊繃一天的心情也自然放鬆。

颱風來臨前，觀音山有了更精彩的面貌。強勁的風力把髒空氣全吹跑，山顯得隔外青翠，那北國才有的蔚藍天空，伴隨颱風而來的捲層雲，順著風向及風勢起舞幻化，或如羽毛，或如魚鱗，或如疊羅漢般捲起千堆雪。古人常用「白雲蒼狗」來形容這個情境，感嘆人生之無常。

到了傍晚，在夕陽餘暉的照射下，天際成了一片沾滿紅色油彩的畫布，隨著太陽漸漸西沉，顏色也慢慢由紅轉黑，最後觀音山那熟悉的身影，漸漸消失在夜色裡。這份景色看在不同人的眼裡，各有不同的解讀，「夕陽無限好，只是近黃昏」是最制式的答案。我個人則認為陶淵明那句「此間有真意，欲辯已忘言」最為貼切。倦鳥、炊煙、燈火，遠山、落日、微風，一切盡在不言中。

觀音山上有兩座名剎，西雲禪寺與凌雲禪寺，在老一輩人口中各有另個稱號，內巖與外巖。印象中，兩座都是乾隆年間的建築。西雲寺座落在成泰路旁的山麓，因緊隣著墓園，較少人造訪，也因此有些陰森的感覺。依稀記得有一條長滿青苔的青石步道，每隔幾步，便有一座日式的石燈塔，散發出濃濃的日本味。

小時候對寺廟沒有特別了解，只記得那是一座黑色建築物，廟旁有一尊巨大的白色觀音菩薩立像，俯視著台北盆地，用手上的淨瓶及法水，滋潤及庇佑著這塊大地。每當從快速道路通過，遠遠地就可看到這尊白色觀音像，像一位召喚遠方遊子的慈母，我才突然驚覺，距離上次造訪西雲寺已經過四十多年，是該再去參拜了。

相較於西雲寺，凌雲禪寺可就香火鼎盛多了。這座禪寺位在觀音山主峯的半山腰，猶記得第一次造訪是民國五十七年。它的主殿及廂房是沿著山壁開鑿出來，沒有雕樑畫棟，但簡樸而莊嚴。登山步道從廟前通過，廟附近有一群參天的重陽木，樹下的石桌、石椅及旁邊的奉茶桶，是朝山香客最好的歇腳處。

但二十幾年前，一場颱風引起大規模山崩，徹底摧毀這座百年古剎。在信眾的努力下，幾年後，一座新的凌雲禪寺在原址前的山谷裡重現。那是一棟高五、六層富麗堂皇的建築物，山門前有一尊龐大、帥氣而不失莊嚴的韋馱護法，兩手交叉，撐著一根杵尖朝下的金剛杵，威風凜凜，相信群魔必不敢越雷池一步。根據佛教儀軌，金剛杵的杵尖朝下，意味著本廟不接受掛單，也不供膳。不知道當初重建時是要傳達這個訊息，還是純粹美學的考量？

一樓正殿門楣掛著一塊非常特殊的匾額，是福建省省長薩鎮冰送的（一個非常特殊的官銜和特殊的名字）。薩鎮冰是清末、民初的海軍名將，是什麼樣的因緣求來這塊白底綠字的匾額？

二樓主殿供奉著一尊二十多米高的千手千眼觀音坐像，法相莊嚴，每隻手握著不同的法器，象徵賦予解決人類不同問題的「法能」。抬頭瞻仰菩薩，總讓人覺得祂正用一雙慈祥的眼睛俯視著你，當下令人感到溫暖，安心，有依靠，彷彿任何煩惱向祂傾訴，都可以得到解決。那是一種微妙的遠方遊子回鄉的感覺。

殊不知，所有大佛的眼睛在雕刻時，都刻意營造這種氛圍，於是河南龍門石窟的大日如來、北京雍和宮，以及西藏扎什倫布寺的彌勒佛，都有非常相似的眼神，傳遞著上天慈祥、和諧、安定的訊息。

大殿的地板全鋪著大理石，一塵不染，踩在上面，清涼透心，還有幾排蒲團，供信眾打坐。個人曾有幾次在此打坐的經驗，清新、祥和、法能充滿，頓時覺得己身離塵世好遠、好遠。

觀音山的主峯稱為「硬漢嶺」。早年這裡曾有駐軍，這粗獷的名字應該是部隊取的，現在軍隊撤了，殘留的碉堡及標語，仍能感受那反共抗俄時代的肅殺氛圍，對我們這些曾在那時代服過兵役的人，有著一股莫名的「親切感」。

站在硬漢嶺上，向北望去，淡水河口、台灣海峽以及隣近沿海城鎮盡入眼簾，山形秀麗、一衣帶水，我個人認為這是台北最美的觀景點。在細雨過後的午後，運氣好時甚至可以看到一道或兩道彩虹，掛在對面大屯山的天空，任何文字都無法形容那美麗於萬一，只能用心去體會了。

往南可俯視整個台北盆地，高樓櫛比，偌大城市籠罩著一層灰濛濛的氣團，汙染嚴重時，連靠近地表的顏色都是灰色的，英文特別造了一個字「smog」來形容它，在專業上我們稱它為密度層變流（two phase flow）。此時，深深體會到古人為何用「紅塵」來形容人世，想必那時空氣汙染不嚴重，否則「黃塵」應更為貼切。每次下山時，總有一股強烈墜入黃塵的感覺。

觀音山石曾是此地最著名的特產，因為是質地堅硬的火成岩，正是石雕最好的素材，因此過去觀音山腳下的五股、八里一帶，最興盛的行業就是石雕工廠，當然其中的最大宗就是墓碑。觀音山的山形特殊，背山面水，間接成為北台灣最著名的風水寶地。

觀音山由於土壤含豐富的石灰質，加上長年籠罩著霧氣，因此竹筍、柑橘和文旦都是此地的名產。每年四月柚子花開的季節，滿山白色的柚子花，飄散著濃濃的，有如香皂味般的花香，走在山谷的四合院裡，偶爾傳來雞鳴及狗吠聲，相信傳說中的「桃花源」也不過如此。

昔日拜訪觀音山，我們總要挑個晴朗的早晨，從台北車站出發，經過一個小時車程後抵達山腳的公車站，然後一路攀爬，隨著海拔及時間的增加，漸漸感受到周遭瀰漫的霧氣，空氣中的水氣多到可擰出水滴來，眾人無不汗流浹背，但因霧氣的滋潤，又不覺酷熱難當。

山徑上有許多樹形特殊的巨木，氣象萬千。待大家幾乎精疲力竭時，眼前突然一亮，山稜線到了，景色豁然開朗，霧氣已在腳下，迎接你的是蔚藍的天空、怡人的清風與秀麗的美景。令人頓時倦意全消、精神百倍。

現在交通方便多了，車輛可以直接開到半山腰，走半把個小時就可到達山頂，加上氣候改變，山上的霧氣已不再那麼厚重。硬漢嶺上的景色，除了殺風景的台北港，及如織的遊客外，依然秀麗，只是少了那艱辛的上山過程，總覺得味道不地道了。

但不管如何改變，觀音山它永遠是我夢中回鄉的燈塔。

（二〇一二年八月二十日）

再訪鰲鼓

我在內政部時，部裡安排了一系列行程去訪視台灣西南部濕地，首站來到嘉義鰲鼓，當時距離上次造訪已經有九年多。

鰲鼓，是日治時代日本人最早開發的海埔新生地，它的形狀是根據海埔新生地屯墾的黃金比例所設計，曾是台灣人定勝天的典範。經過百年後，隨著開發觀念與時俱進，不同時代的政府為它勾勒出不同的面貌，或為農場、或為工業區、或為自由貿易區，甚至一度淪為空軍訓練瞄準場，但終究不敵颱風摧殘，加上附近農人長期超抽地下水導致嚴重地盤下陷，海堤破損、閘門毀壞、海水倒灌，成了鰲鼓揮之不去的夢魘。

還記得當年的鰲鼓，是一座充滿濃濃豬糞味的台糖農場。台糖為了執行平地造林政策，在農場內種滿以木麻黃為主的各類樹種，裡頭有整齊的灌溉渠道、各式各樣的閘門及取水工、廢棄的辦公室，以及尚具規模的養豬場。

那次考察的重點是討論如何修復海堤及排水設施，以恢復原有的農場面貌。我獨排眾議，提出一個在當時算是創新且大膽的建議：不要修海堤，讓海水隨著潮汐進出鰲鼓，轉型成為兼具滯洪功能的鹹水人工濕地。

「滯洪池」及「濕地」在那時還是一個非常陌生的概念，大部分人都無法理解為何要讓一塊好不容易經過圍墾後可利用的土地荒廢且浸在水中。我請學生及TIIWE（國際水利環境基金會）的同事，花了一、兩年時間做出可執行的「綱要計畫」，終於說服各級政府，才有了今天的鰲鼓濕地。

更令人欣慰的是，去年這片濕地在美國所舉辦的一項景觀設計競賽中獲得大獎，也算是對所有參與同仁辛苦付出的最佳回報。

九年後再訪鰲鼓，首先參訪的是一座非常具有特色的展示館，館內對鰲鼓農場的歷史演變、生態環境、特有動植物種，以及滯洪和濕地的基本概念，有非常詳細的介紹，並利用聲光畫面，配上精美圖說，詳細記錄了這塊濕地的四時景物和點點滴滴，是國內少數簡樸兼具知性又有特色的展示館。

再仔細一瞧，我這才發現這棟建築物似曾相識，原來它是長年為淹水所苦的下楫國民小學鰲鼓分校。在二〇〇六年廢校後麻雀變鳳凰，透過建築師的巧思，打造成為嘉義環境教育的重要據點，培養無數解說員及志工，真是閒置空間活化的最佳典範。

出了展示館，趨車進入鰲鼓濕地，迎接我們的是似曾相識的一大片木麻黃林，但那熟悉的豬糞味倒是淡了不少。林間車道及灌溉渠道依舊，但多了些自行車道及人行步道。隨著車子接近海堤區，漸漸可看到密度愈來愈高的紅樹林蹤影。

轉了一個彎後，車內突然發出一聲驚呼，一片廣達上千公頃，處處點綴著紅樹林樹叢的水域映入眼簾。大湖貼著海堤，水位隨著潮汐升降，這是座典型的鹹水濕地，從紅樹林的生長狀況就可以瞧出端倪。

那天的天空特別藍，雖不是秋分，卻有著北國在秋高氣爽時獨有的藍天。湖光配著藍天的倒影，海堤外的潮汐湧浪聲依稀可聞，溫暖的海風輕拂著，構成一幅無法用文字形容的美麗畫面。

除了美麗的風光外，更令人驚豔的是湖面上聚集著成千上萬、各式各樣的鳥群。從大型的鷺科、中型的雁鴨科到小型的鷸鴴科。有候鳥、有留鳥，或飛行、或游泳、或覓食。

台灣少見的鸕鶿，在這裡就有數百隻，這種以捕魚聞名的鳥，看上了這片漁產豐富的水域，以其特有的飛行姿式在空中飛翔，覓得魚蹤後隨即俯衝潛入水中，憑藉著優異的游泳技能獵魚。在世界某些地方，鸕鶿可是漁民捕魚的好幫手，漁火加上鸕鶿就成了當地的觀光賣點。

但在鰲鼓這片水域裡，鸕鶿大可自由自在覓食，沒有人會剝削牠們辛苦捕得的漁獲。因為既要飛行、又得潛水，曬翅膀成了重要的工作，為了能隨時進入飛行狀態，每一根竹竿或樹枝上都可看到三三兩兩的鸕鶿，迎著風展開翅膀，以大字型的姿勢站著，形成非常獨特的景觀。

這裡還有近兩百隻黑面琵鷺。這種全世界僅剩二千多隻，瀕臨滅絕的冬候鳥，也看上這塊水域，將鰲鼓當成每年過冬的重要棲息地，來此棲息、覓食、繁衍後代，然後北返。很多鳥友都衝著牠的芳蹤慕名而來。

當眾人尚且沉醉在這幅祥和的畫面裡，湖面突然興起一陣騷動，成群的鳥驚慌地飛離水面。原來是樹林裡有許多小型哺乳動物，引來十多種鷹科猛禽棲息覬覦，每當大鷹飛臨上空，總會驚動一波又一波鳥群。好在來者並無敵意，湖面很快又恢復原有的平靜。

到了黃昏時刻，眾人才依依不捨地踏著夕陽餘暉離開鰲鼓。出口處有一塊招牌用中英文寫著「鰲鼓，美麗的錯誤」（AOGU, a beautiful accident），好貼切的形容，它曾經是「人定勝天」的最佳典範，也曾為台灣的經濟發展做出具體貢獻。然而在農業式微、經濟轉型的九〇年代，政府因為無力投資以修復海堤，加上個人的臨門一腳，無意間造就了這塊世界少有的「瑰寶」。想來還真是一個再美麗不過的「錯誤」。

施政，不也充滿各式各樣的試煉？每個決策都有可能成為美麗的轉機，也有可能帶來重大的災難，端看主事者有無足夠的眼光、智慧與胸襟來因應。

我一路上不停地思考著，如何以此濕地做為「引擎」，將鰲鼓打造成兼具觀光、環境教育、生態保育的休閒旅遊聖地，進而帶動嘉義地盤下陷區的「農村再造」，為此地帶來新的產業與經濟動力。若果能實現，這將是解決台灣地盤下陷問題的最佳示範案例，也是彰雲嘉沿海轉型的契機，未嘗不是另一個美麗的錯誤。

（二〇一三年二月二十六日）

台江巡禮

國中時，一年級的國文課本裡有一篇文章，雖已讀過近半世紀，但回想內容仍記憶猶新，我還能倒背如流，「執事率數百之眾，困守城中，何足以抗我軍？……今余既來索，則地當歸我，珍瑤不急之物，悉聽而歸。」這是西元一六六二年明荷決戰前夕，鄭成功寫給荷蘭總督揆一的戰書，字字珠璣，擲地有聲。明荷兩軍經過數月激戰，天時、地利加上人和，鄭軍大勝，荷軍退出占據三十八年的台灣，從此改變了台灣的命運與歷史定位。

記得在當年的中學歷史課本裡，有一張荷軍戰敗撤退的插圖，圖中可見軍容仍然整齊，軍官穿著中世紀典雅的軍服，戴著高帽、腳蹬長統皮靴。行轅上三角形旗幟迎風飄揚，遠方停著三艘掛著荷蘭國旗的戰船。以荷軍從容的態度，相信國姓爺（這是荷人在官方文書中對鄭成功的稱謂）信守了他的承諾，讓荷人帶著他們的珍寶撤出大員（台南）。這個古戰場現在稱做安平，當時名喚「台江灣」，也有學者考據這是台灣名稱的由來。

荷蘭人沿著台江灣修築三座城堡，熱蘭遮城（Zeelandia，現在的安平古堡）、普羅凡西亞（Provencia，現在的赤嵌樓），以及烏特列支（Utrecht，現在的四草附近），顯示古台江灣涵蓋了今天的台南市一大部分。經過三百年歲月，滄海已成了桑田。今天在安平古堡附近，仍能看到熱蘭遮城所遺留下一堵爬滿樹根的古磚牆，似乎訴說著三百五十年前荷屬東印度公司稱霸海上的榮景。在夕陽餘暉的映照下，更引人「夕陽西下，斷腸人在天涯」的感傷。

記得十多年前，在荷蘭擔任客座教授期間，IHE的老校長Segeren教授特別駕遊艇，帶我造訪荷蘭最南方的Zeeland省。他指著一座古城門告訴我，「三、四百年前去台灣的船都是從這裡出發」，這座典型中世紀的荷蘭式城門，是當時船上人員對故鄉的最後印象。

在大航海時代，船員的平均壽命約三十六歲，船員出海後再回到故鄉的機率並不高，有些人甚至沒能到達目的地，或因疾病、或因海難而命喪海上。紐西蘭（New Zealand）、熱蘭遮城（Zeelandia）的命名，都源自於他們心中揮之不去的濃濃的鄉愁，和對遙遠故鄉的懷念。

還記得，三十多年前在台南念大學時，安平地區有一條長長、黑黑的運河，億載金城附近則有一座布滿竹筏的大潟湖，「七股」在印象中，只是一大片種著西瓜的沙地。然而，三十多年後再度造訪安平，運河經過多年整治，水質已大幅改善，沿著運河兩岸營造出一片有著摩登建築物的新興市區，潟湖被填成新生地，上面蓋滿房屋。

過去四草大眾廟附近，一小段種滿紅樹林的河道，現在則成了台南最重要的觀光熱點。常可見電動平底竹筏載著遊客，緩緩行駛在由紅樹林建構成的綠色隧道，陽光從樹葉的縫隙中灑落，在水面上形成非常漂亮的倒影，隨著樹的疏密、距離的遠近，營造出層次分明的光影。

沿岸紅樹林的數種非常多，主要有五梨跤、海茄冬、水筆仔……，由樹枝的粗細、氣根的長短判斷，應該都有數十年的樹齡。樹雖不高，但樹形崢嶸，氣象萬千。沿途船家用詼諧口吻替大家上了一課紅樹林簡介，雖不專業，倒也有模有樣，八九不離十。

運河的起點是座大眾廟，奉祀的主神是位在康熙年間，平亂有功的台灣將軍，據說是第一位受到尊奉成神的台灣人。廟後有一座畫著西洋人物圖像的圓形塚，收的是在荷鄭海戰中喪命的荷軍骨骸，令人深刻感受到「千里孤墳，無處話淒涼」、「可憐無定河邊骨，猶是深閨夢裡人」的悲哀。三百多年的光陰悠悠流過，深閨夢裡的人已香消玉殞，當年的愛恨情愁亦不復可尋。

我只能向他們深深鞠個躬，算是代替我的荷蘭朋友，捎來遙遠故鄉的懷念與祝福。

距離運河下游短短幾百公尺，有舊荷蘭商社的遺址。因尚未開挖，無法一窺全貌，更遑論重現原有的榮景。運河末端是清代的「鰲金局」，為昔日海關的舊址，顯然此處曾是舟楫繁忙的重要渠道。可惜或因地形變化、或因河川改道，原有的水路僅剩這短短的數百公尺渠道，供後人憑弔。

驅車到七股，那一片一望無際、種滿西瓜的景象已不再，取而代之的是廣闊的濕地及不時可見的黑面琵鷺。此地曾是養殖漁業最興盛的地區，隨著養殖業式微，留下大片廢棄漁塭及豐富的漁產。因為食物豐富、覓食容易，因此這些瀕臨滅絕的嬌客選擇七股，做為牠們渡冬時最重要的棲地，也成了台灣一項重要的觀光資源。

每年入冬，遊客、賞鳥愛好者、生態保育學者為了追隨黑面琵鷺的身影，湧向七股，也為這濱海的平靜鄉間帶來一股生命力。

這群人不同於一般觀光客，不喧嘩、不嬉鬧、不成群結隊，或背著背包，或騎著單車，或帶著相機，或帶著記事本，靜靜地記錄所見、所聞與所思。

台江國家公園訓練了一批小小解說員，為了歡迎我們的到來，這群可愛的學童一字排開，將他們所理解的生態知識，用童稚真誠的話語向來賓介紹七股濕地及黑面琵鷺的種種。儀態、自信、專業都恰到好處，可圈可點。不管他們長大之後會從事什麼行業，相信這幼年的經驗將是他們未來最重要的「寶藏」。

旅程最後，我們登船一覽台江潟湖的風貌。雖然晴空萬里、豔陽高照，但強勁的海風仍帶來絲絲寒意。

原來的大台江灣，現在僅存一片遼闊海域。放眼望去，因為有幾道離岸沙洲做為屏障，所以儘管東北季風強勁，但因適逢退潮，水流還算穩定。隨著潮水進出帶來豐富的營養源，形成獨特的食物鏈，此地成了最佳的天然養蚵場。水面上布滿蚵架、定置漁網，及由竹筏組成的漁民作業平台。平台上鍋碗瓢盤一應俱全，顯然漁民平日有大半時間生活在水上。

漁民多是上了年紀的長者，且女性的比例相當高。他們長年經過日曬雨淋，滿布歲月刻痕的古銅色皮膚，展現了生命的韌性。這身影使我想起了先祖父，以及千百年來在大地上討生活的農民們。

看到我們的到來，漁民們雖然不知道我的身分（時任內政部長），仍拿出鄉下人最真誠的一面熱情地招呼，從水面下隨手撈起一串生蚵，丟入我們的船。這串蚵或許不值多少錢，卻是他們餐風飲露的勞動成果，蘊含的誠意是無價的。

船沿著蚵架間的水道緩緩駛向外海，沿途看到三三兩兩鸕鶿迎風站在竹竿上，或許被人類騷擾慣了，船隻雖然從身邊通過，鸕鶿們仍然悠然自若。這些鸕鶿每隻都朝向同一個方向，彷彿望著牠們北方的故鄉。腦海中浮起了望鄉的「牧神」的印象。但事實並沒有如此詩情畫意，牠們迎風站著只是為了風乾翅膀，向著北方是因為當天吹東北季風，站在竹桿上方便盯著水中的獵物。有些聰明的鸕鶿甚至知道站在掛著漁網的竹竿上，因為那是定置網的入口，是魚群必經之處，也是狩獵的最佳地點。

或因突堤效應，或因沙源為水庫所攔截，台江灣周邊沙洲面臨嚴重的海岸侵蝕。岬頭潮流頂沖處成片的木麻黃林滑入海中，沙洲上也可看到成排的定沙工程，猶如困獸般試圖抓住每一粒沙，對抗無情風浪的摧殘。工程手段或許能抵擋一陣子，但終究將臣服於大自然的力量。

再過百年，台江灣必然有它的新風貌，今天的沙洲必然會消失，另一片沙洲必然會在另一個位置形成，屏障著另一塊水域。相信鸕鶿仍會迎風站著，漁民仍會任勞任怨地利用祖先流傳下來的技藝，忠實地守護著這塊水域。「無為」或許是最積極的作為，「日出而作，日落而息，帝力於我何有哉！」

（本文全憑個人記憶隨手拈來，未做詳細考據，或與史實有所出入。）

（二〇一三年三月十八日）

造訪南沙群島

從小地理老師教我們，中華民國最南的疆域是南沙群島的曾母暗沙。這個遙遠的地名，除了在考卷上偶爾出現過外，好像和自己從來沒有任何關係。到了內政部後，發現營建署有個海洋國家公園，東沙及南沙都在它的轄區。此外，內政部地政司還負責疆域的勘定，南沙太平島的界碑就是地政司所立，還得定期去勘察。

我心裡常琢磨著什麼時候可以去看看。聽說太平島距高雄約一千六百公里，坐船要三天，從屏東搭飛機要三個多小時。最近因為各國對釣魚台列嶼與南海各島主權紛爭不斷，身為疆域主管官署的內政部，肩負著「主權宣誓」的任務，於是有了這趟南沙之旅。

出發這天，台北下著傾盆大雨，成員有來自各部會的首長及幹部。大夥兒先在空軍松山指揮部集合、聽取簡報，然後用餐。軍人做事一板一眼，加上空軍是講求精準的高科技軍種，凡事都照標準作業程序來，從行程解說、車位安排到吃飯桌次，安排得有條不紊。

久聞飛行員伙食好，這天吃得更是精彩，副食有雞、鴨、魚、肉、魯味、小菜等樣樣俱全，主食有米飯、麵食、水餃，飯後還有水果、甜點。這甜點可不是一般的蛋糕，而是大的江浙館子才有的冰糖蓮藕，甜而不膩，又有嚼勁。

這可是最近以來，我吃過最豐盛且精彩的一餐。聽說他們餐餐如此，但放眼沒見到一位胖軍官，可見平時體能訓練還滿扎實。

飯後上了專機，直飛屏東機場。抵達後又是一場鉅細靡遺的簡報，交代了住宿安排及隔日行程。空軍基地的環境非常幽靜，參天的巨木、清爽的房舍，有著濃濃的美軍社區味道。因為隔天五點半即要出發，同行又多是年長的長官，因此大夥兒早早休息就寢。

夜裡除了蟲鳴外，沒有一絲雜音，對來自台北的我反而有些不習慣，原來「萬籟俱寂」也是另一種噪音。

第二天清晨醒來，又是一頓與前日晚餐不遑多讓的豐盛早餐。經過仔細分析，確認天候宜飛行，眾人興奮地搭上空軍 C-130 運輸機，奔向那期待已久的南疆。

因太平島機場的跑道不長，只要下小雨飛機即無法起降，所以一年內能飛的天數並不多。有許多長官興沖沖從台北到屏東候機，連續五次都敗興而返，像我們這樣一次即能成行，運氣要非常好。

運輸機，顧名思義，不是用來載人的。偌大的機艙，布滿固定繩索的各式勾子及吊環，兩排鋁製的座椅貼著機身，椅背是面橘色的網子，安全帶是非常簡單的兩條帆布皮帶配上粗獷的拉扣，如此設計，估計是方便傘兵揹著傘具搭乘。機艙幾乎完全密閉，僅能透過數個小圓窗，窺見窗外的藍天。

為了方便車輛駛入，運輸機的艙門設在機尾，可以上下完全打開。因為當初是向美國採購，機艙內所有標識及說明全是英文。置身其中，腦海中浮現在電影中常見的戰爭景象，想像自己揹著降落傘，到達目的地即要穿過機門一躍而下。

在眾人的殷殷期盼中，飛機緩緩駛向跑道，因隔壓及隔音都不好，引擎聲轟轟作響，耳塞是飛行中必備之物，我們就這樣在強烈震動及嘈雜聲中，飛行了三個多小時。團員們的心情也從最初的興奮，到感到無聊，漸漸變成坐立難安。

在即將抵達前二十分鐘，機長邀請幾位長官到駕駛艙，體驗飛機的降落。站在機長後面，視野絕佳，無邊無際的藍天，點綴著不同形狀的白雲。同樣的藍天白雲，從駕駛艙的角度觀察，顯得更貼近、更立體。

漸漸地，遠遠海面上出現幾座小島，其中最大的就是太平島。機長貼心地先環島飛一圈，讓我們可以看得更清楚。因為太平島的機場跑道長度不夠，只要稍有不慎，飛機就會衝入海裡。為謹慎起見，環島飛行完畢後，機長先進行進場試飛，俯衝後再拉起，然後再繞一圈，最後以完美的降落結束這三個多小時的航程。

我的流體力學知識告訴我，俯衝再拉起，是飛行中最困難、也是最危險的動作，稍有不慎，造成失速，飛機即會墜毀，但機長藝高膽大，做得非常優美，讓眾人在驚嘆之餘，忘了潛在的危險。

太平島旁有一座面積很小的珊瑚礁島，名叫「中洲礁」，是中華民國最南的實質管轄地，也是我們要登島升旗之處。從空中俯瞰，不過是一塊稍微突出水面的白色珊瑚島礁。環繞島礁四周的海水顏色有深藍、淺藍及靛藍數種，有的藍中帶綠、綠中帶白，顏色隨著離岸距離漸層變化，綴上點點白色浪花，美到無法用文字來形容。

據說，愛斯基摩人可以用數十種以上的詞彙來形容「雪」，因為他們在雪地生長，對雪的觀察非常細微。我相信南島民族對不同的藍色，一定有更精準的分類。即便文字無法完全描述，但眼前這一景象，令人心曠神怡、雜念全消。或許這就是傳說中藥師琉璃光世界的顏色，長年生活在這樣的環境，當能延年益壽，百病不生。

太平島不大，面積大約〇．五平方公里，但已是南沙群島最大的島嶼。島上喬木密集，倒是難得，椰子樹隨風搖曳，椰子產量足以供全島官兵長年食用。因為有如此好的植物覆蓋，營造了極佳的棲息環境，是南來北返候鳥的歇腳處，所以鳥類的種類還算豐富。遺憾的是，為了修建跑道，損失大半個島嶼的珍貴植被。

更彌足珍貴的是，有一條由白沙組成的環島帶狀長沙灘，是綠蠵龜的重要棲地。每年都可看到綠蠵龜上岸產卵的蹤跡。如今生態保育的觀念普及，綠蠵龜不但不會被打擾、傷害，還受到國軍弟兄的刻意保護。這也為他們的枯燥駐守任務，添加了許多色彩。

除了營地及軍事設施外，島上有座觀音亭，佛樂長年不斷，是駐軍弟兄唯一的精神寄託。另外還有座農場，部分蔬果、雞隻可以自給自足，產量雖不豐富，卻為軍隊內的無聊日子帶來一些變化，倒可安定軍心。

太平島的駐軍官兵至少有數百人，個個身強體健、皮膚黝黑。每半年才得以回台一次。對現代年輕人來說，是項嚴峻的考驗，令人不得不佩服部隊長的領導統御能力。

當天才下飛機沒半小時，秘書長剛跟集合的部隊講完話、照完相，剎那間，烏雲密布、風雨大作，海面由原先的風平浪靜，瞬間波濤洶湧，危機四伏。海巡弟兄催促我們迅速登艇前往中洲礁，因為要是錯過潮差，登島會非常困難。於是兩艘載著長官的武裝快艇，在四艘小艇的戒護下，頂著三米巨浪，浩浩蕩蕩地從碼頭出發。

小艇在浪中穿梭，時而登上波峰、時而落入波谷，浪花不時打入船艙。原本二十分鐘的航程，足足開了四十分鐘。一路顛簸下來，除了海巡弟兄外，我是少數沒暈船的人。

在滂沱大雨中，我們搶登上了中洲礁。大夥兒恭恭敬敬地升起一面青天白日旗，藉此宣誓主權，也完成此行的主要任務。在狂風驟雨下，看著隨風劇烈擺動的旗面，此時此刻，正是現今南海情勢緊張又險惡的最佳寫照。

又是四十分鐘的折騰，終於再次回到太平島。但衡量天候狀況，飛機若不馬上起飛，大隊人馬恐怕會受困島上好幾天，我們由碼頭直奔機坪，匆匆結束兩小時緊湊的「太平島之旅」。

好不容易起飛後，眼前竟是晴空萬里，回到屏東已是傍晚時分。

在三個小時的航程中，我一直思考著南海局勢及我國的南海政策。除了原住民外，先民來到台灣，長則兩三百年，短則六、七十年，雖然號稱「海洋國家」，但在潛意識裡，我們的DNA還留在黃土高原，對海洋完全陌生，甚至充滿畏懼。

我們的生活習慣、思考方式，還是遵循著「大陸」民族的邏輯，甚至國家政策也無法擺脫「大中國」的陰影，空有五十萬人口的原住民族，以及豐富的南島文化元素，卻沒有融入主流文化，反而一點一滴在消失中。

政府花大錢做「文化保存」工作，卻只是當作「盆栽」般供養著，沒有和這塊土地充分結合，自然枝葉不茂盛，開不了花、也結不了果。

同樣地，台灣掌控南沙最大的島，但幾十年來只是派兵駐守，對於島上的生態、觀光及礦物資源，從未經過仔細調查，遑論規劃及利用。現在周邊強鄰覬覦我們的「珍寶」，喚醒了國人的危機意識，這是危機、也是轉機。

我們應從基本資料蒐集做起，並徹底思考國家的策略，做個名符其實的「海洋國家」，這才是條康莊大道。但如何在強鄰環伺中進行合縱連橫，在在考驗著我們的智慧。半個世紀以來，我們能在小島上創造出傲人的經濟奇蹟，要再創新局相信難不倒我們。

飛機在夕陽餘暉中，降落在屏東機場。蛋黃般的夕陽，懸在長長的地平線上，久違的南國落日，引人遐思、勾人鄉愁。無緣見到太平島的落日、星空，以及南國才有的南十字星，只有留待下次了。

（二〇一二年九月十四日）

訪雪霸國家公園有感

這一輩子走過許多國內外的國家公園，有的以生態保育見長，有的以風景雄偉聞名。

過去，我只是個遊客、旁觀者。這次，首度以一個國家公園主管機關首長的身分，訪視轄下的國家公園，切入的角度、心態及感想非常不同。因為這裡所有的人、事、物、都會因為一個決策而有了截然不同的命運。

此時的心情是複雜的、沉重的、喜悅的。彷彿一位整型醫師面對美麗的患者，思考著如何讓她變得更漂亮。或許最好的處方，就是幫她把身體調整到最和諧的狀態，然後靜靜欣賞她在往後不同的人生歲月，所呈現出來不同的光彩，或天真、或清純、或嫵媚、或豐腴、或聰慧、或慈祥。

還記得初加入台大土木系時，那時流行一句口號：「土木——大地的雕刻家」，看似豪壯卻充滿了人類的無知與傲慢。多年前曾經造訪南非的克魯格國家公園（Krugers National Park），除了對其野生動物的保育留下深刻印象外，最讓我佩服的是南非人對自然的態度及胸懷。

當森林大火發生時，他們的處置不是立即撲滅，而是靜靜觀察，把火勢控制在一定範圍內，因為有些生物的生命週期，就是在大火過後到林相恢復的這段時間。太多人為干預，反而會打亂自然的節奏。這是何等的謙虛與睿智，我們忝為老、莊的信徒與後代，對環境的認知與態度，卻遠遠輸給這些活在遙遠非洲大陸的人。

昨夜，夜宿新竹五峰鄉，雪霸旁的「觀霧森林」，看到了久違的星光，也第一次見到雙子座的那兩顆星，聽了一夜的樹濤，如千軍萬馬奔騰。一大清早，就被不知名的鳥叫聲喚醒。此地地名叫「觀霧」，想必有其特色，但昨夜只遠遠看到月色下一片白茫茫的山嵐，尚無緣一睹盧山真面目。

雪霸國家公園內有兩種瀕臨絕種的台灣特有生物——櫻花鉤吻鮭與山椒魚。這次造訪的主角是山椒魚，雖然稱為「魚」，但事實上它比較像兩棲類動物，遠在一億八千萬年前的侏羅紀時代即活躍在這個星球上，有人稱它是「侏羅紀孑遺」。

山椒魚歷經了無數冰河期，甚至躲過彗星撞地球的浩劫，它之所以能夠存活在於它的「柔弱」，終年生長在山間小溪的陰濕石縫間，以符合「道」的規範認命地活著。

櫻花鉤吻鮭則是一種因為陸封，無法再回到海裡而演化出來的獨特物種，有著所有鮭魚的特性，卻被侷限在高山上的封閉水域裡，大海的故鄉已是遙不可及的遠古回憶。因為只能生存在水質清澈乾淨的溪流裡，現在只有雪霸武陵農場的七家灣溪還可見到它們的蹤影。

所幸過去二十多年來，經過專家學者的努力，族群數目從原來僅存二百多尾，到現在已有五千多尾，可說是台灣復育瀕臨絕種動物的典範。

這其中有個不為人知的關鍵，就是「拆壩」。台灣過去為了河防安全，興建成千上萬的攔沙壩，姑且不論工程效果，攔沙壩的存在嚴重阻斷魚類活動的廊道，且多年來多數攔沙壩都已淤滿，功能大打折扣，部分結構安全更堪慮。

雪霸國家公園是唯一願意著手，拆除滿淤攔沙壩的政府單位。幾年前，我有幸參與七家灣溪一號壩的拆壩工作，將攔沙壩拆除後，櫻花鉤吻鮭的棲地不再破碎，數目也持續增加。

過去身為「實踐者」，如今又是「主管者」，我的心裡感觸很多。以前要絞盡腦汁說服政府官員接受我們的意見，為了爭取計畫預算，汲汲營營；現在一句話、一個念頭，即可變成政策，影響大眾的命運。可不慎乎？

仔細審視我們的周遭，存在非常多的「櫻花鉤吻鮭現象」。譬如，在台灣人的風俗裡，仍存在著數千年前黃土高原的印記。

我們的語言、宗教乃至於祭祀儀軌，甚至我家的牌位上尚且恭恭敬敬地刻著「隴西」，那是一個未曾謀面的遙遠故鄉，千百年來幾經朝代更迭，不同的人事物在甘肅那塊土地出現又消失，我們的宗族血脈也離開快兩千年了，但它仍以有形、無形的力量，召喚散落在世界各地的遊子，就如同大海，不時呼喚那些無法迴游的鮭魚般。同樣的現象，在世界各地華人身上處處可見，客居異地幾十年了，仍遵照母國的生活方式認真地活著。

時間轉動，不會因人類的改變而停止；舞台不變，但劇本及角色一直替換著。我們要用什麼樣的心情及態度，來面對這樣的「櫻花鉤吻鮭現象」？不論是保育或復育，但螳臂阻擋得了時間及命運的巨輪嗎？或者「臣服」是唯一的選項？

在雪霸國家公園內的山椒魚展覽館開幕前，請來一位當地泰雅族耆老「陳牧師」進行祈福儀式，我們尊稱他 Yavar。但事實上他並不姓陳，那只是漢人沙文主義加在原民身上的「烙印」。

整個儀式簡單而隆重，用小米、芋頭等農產品表達對祖靈 Gaga 最誠摯的敬意。雖然我完全聽不懂泰雅族語，但現場感受儀式的氛圍，也感受到原民對大地的謙卑及虔誠。

印地安人也有非常類似的文化。在「獵風行動」（Wind talker）這部電影裡即可看到類似的儀式。事實上，仔細檢視道教的儀軌，也能看到同樣的蛛絲馬跡，只是千百年來被儀式化、複雜化了，現在的人計較表面的繁文縟節，反而忽略了對原有精神的尊重，於是法會規模一場比一場大，社會卻愈來愈失序、人心也愈來愈退化。

儀式後，Yavar 講了一番話，委婉地控訴外來文化的入侵，對泰雅的傳統語言、文化保存及傳統領域被干擾，表達極度的不安，但在言辭間又不失原住民特有的自嘲及逆來順受的個性，令人更加不忍。

在台灣，我們或許已經意識到保存瀕臨滅絕物種的急迫性，通過各式各樣法案，政府挹注龐大經費，保育團體也全心投入，於是櫻花鉤吻鮭回來了，山椒魚增加了，黑面琵鷺得以翱翔在南台灣的天空。但我們卻對眼前這位 Yavar 所代表，即將消失的族群、語言及文化，視而未睹。

當以部長身分上台致辭時，我的腦海中浮現的是土石流，以及國土規劃法、國家公園法、原住民族自治法等等。我們自以為用法律、組織、經費，可以解決所有的問題，殊不知關鍵在「人心」，在同理心、在人性的關懷。才剛想到這裡，我頓時覺得無力與無助，不忍、不捨之情油然而生，於是我哽咽了。

（二〇一二年五月八日）

二二八感言

今天是二二八紀念日，我首次以內政部長身分參加紀念儀式，因此得以近距離觀察整個儀式的氛圍，從各位長官到受難家屬代表講話，從小喇叭演奏到家屬代表獨唱，以及式場布置和節目流程安排。

活動簡單、肅穆且隆重，顯現主辦單位之用心。雖未特別強調，但儀式充滿著濃濃的基督教味道，這也是一般官式活動少有，應該和許多受難者的宗教背景有關吧。坐在第一排，望著黑色沉重的尖塔，指向陰霾的天際，更增添了幾分憂傷與沉重。

天上飄著細雨，雨滴落在塔上，落在哀傷的家屬身上，如泣如訴。

當儀式進行到受難者遺書返還時，看著一位位老人，步履蹣跚地步上講台，從總統手上接到六十五年前他們的父兄受難前所寫的遺書後，緊緊地抱在懷裡，雙眼含著淚水，我哭了，甚至只要想到這一幕，都會讓我熱淚盈眶，心痛不已。他們當下的心情是哀傷，是怨恨，是無奈。

這封寄了六十五年的信，怎麼想到會是在這樣的場合下，交到他們的手上。當年他們還是十五、六歲的青年，卻要遭受這樣的命運，十五年前的今天，他們是什麼樣的心情？失去了生命中最重要的支柱，他們是怎麼樣活過來的？在場的每一位家屬，都有一段不為人知的艱苦過程，他們熬過來了，驕傲地站起來了，但那些沒熬過的人呢？那些甚至連屍骨都找不到的人呢？

歷史是殘酷的，悲劇一再重演，在時間的巨輪下，不知有多少人淪為齏粉，但它不曾停下。人們有真的確實反省，有因此而變得更慈悲、更有智慧嗎？我不禁在想，要是六十五年前我在今天這個位置，我會如何處理這個危機？我有足夠的智慧與勇氣，來對抗龐大的國家特務機器？或竟淪為執政者之工具？或因維持正義而像那些先賢一般，成為碑上的一個名字？不管是哪一個情境，對我個人及家人都將是難以承受的痛苦與磨難。

二二八事件，六十五年來成了台灣的緊箍咒，多少政客假汝之名來換得政治資產，但也有無數的正義之士日夜奔走，摩肩擦踵，只為了真相的重現、正義的伸張，才有了今天的這個局面。

但真相真的呈現了嗎？正義真的伸張了嗎？多少家屬仍在角落裡哭泣？又有多少嗜血的政客不斷以撕裂傷口來兌換他的政治利益。相對也有些頑固之士，仍不肯虛心面對事實，誠摯的道歉。

猶記得三十多年前初到美國時，第一次有機會接觸到二二八相關資訊時，有一股強烈被欺騙及背叛的感覺，義憤填膺，對政府的所做所為全盤否定，對身為台灣人感到自艾自憐，有好長一段時間拒絕講國語。待年歲稍長，漸漸能體會生命的必然與偶然，也有智慧重新以更務實的角度，來調整自己對這個歷史悲劇的態度並積極作為。

明年還會有二二八的紀念活動，除了政府道歉、家屬悲傷，反對人士在傷口灑鹽的老戲碼外，我們還能做什麼？台灣人能有智慧甩掉這個緊箍咒，以更積極的態度來面對未來嗎？我們能把悲情化作對人權的全面觀照嗎？我們能落實對所有弱勢族群的實質關懷嗎？唯有如此，才能將那些枉死英靈的犧牲，化成對台灣這塊土地的大愛。共勉之。

（二〇一二年二月二十八日）

尺度與氣度

夏蟲不可與語冰，井蛙不可與言天，講的是「尺度」問題。

尺度，是科學界用來描述一個現象非常重要的依據，有空間尺度（physical scale）與時間尺度（time scale）。在量測心和靈的規模時，也有一個無形的尺度，我稱之為氣度（vision）。

在空間尺度裡有「巨觀」與「微觀」之分。藉由人造衛星、各式各樣的飛行載具、望遠鏡與顯微鏡，人類已經能精準地對自己周遭的環境，有相當清楚的描述，從宇宙、銀河系、太陽系、地球、各洲大陸、台灣、山川、個人，乃至微小的細菌、濾過性病毒。東西是看清楚了，卻因落入太多的細節，反而忽略了整體性與完整性。

見樹不見林，是這個時代的通病。以台灣各大城市為例，雖有幾棟漂亮的建築物，但整個城市規劃是不及格的，更不要談國家的整體規劃。又如全國教授都被制約般，忙著寫所謂的「SCI論文」，大部頭的著作卻很少見。社會上，愈枝微末節的事愈多人關心，但真正的大政策反而少人有興趣。

在那無法飛行的時代，人們對飛行有著無限的憧憬，於是有像莊子般的人，想像自己騎在大鵬鳥的翅膀上，翱翔於天際。那時的科技並不發達，無法像現代人把所有現象都觀察得如此透徹、精準，但也就因為沒有這些框架的制約，及太多的物慾，人心有更大的自由度（degrees of freedom），更能接近自然的脈動，更能接收到宇宙的訊息（universal conscious），於是諸子百家齊放，所留下的經典著作，千百年來反覆被討論著，依舊是現代社會奉行的圭臬。

八〇年代發展出一套新理論，稱為「混沌理論」（chaos），其中有一個論述是「到底英國的海岸線有多長」。答案是，它的長度完全取決於用什麼樣的單位來量測。用「一公尺」做單位，會得到一個長度，但若用「半公尺」當單位，會得到一個較長的長度。如果把量測單位一直縮小下去，你得到的長度會愈來愈長。如果你的測單位長度趨近無限小，那麼你所量得的長度就會趨近無限大。

這個「有限範圍裡的無限」，看似科學論述，卻隱藏著一個非常重要的訊息，也就是只要選對了尺度，就可以化有限為無限，但相對的要是選錯了尺度，無限也會變成有限。這個訊息可用來解釋人類歷史的興衰與演替，也為人類目前的困境指出一條康莊大道。

地球在宇宙中，是一個不起眼的小行星，但因為有水及大氣層，六十億年來演化出無限的生命和文明。自十八世紀工業革命以來，科技蓬勃發展，人類擺脫傳統農業社會的桎梏，享有前所未有的富庶，壽命增長了、人口暴增了，可惜精神文明並未相對提昇。

在以「開發」為導向的思維下，人類在短短三、四十年間，耗盡地球千百萬年所累積的資源，同時製造過多的溫室氣體，徹底改變氣候的結構，也為人類帶來前所未有的生存挑戰。

仔細檢視我們所住的這個星球，蘊藏著無限的能源，包括太陽、洋流、潮汐、風……等，可惜以人類目前的科技，這些資源是我們目前享受不到的。於是人類傾全力進行科技的創新與突破，殊不知關鍵在人類的價值觀、生活方式與態度。

北歐人過著相對簡約的生活，願意犧牲部分方便性，所以他們在替代能源的運用上，較為積極及進步。但和全球的人口相比，這些畢竟是少數，大部分政府還是以「開發」為導向在制定政策，人們不自覺也毫無選擇地以揮霍的方式在生活著。

根據世界銀行分析，若中國大陸的民眾以美國的方式生活，會耗去四個地球的資源。但又有誰能要求中國大陸民眾不能用美國的方式生活呢？所以，人類只能眼睜睜看著那條搆不著的繩索，一寸一寸地往流沙裡沉陷。

人生在世數十寒暑。千百年來，大部分的人都過著為外物所役、渾渾噩噩的生活。但物慾永遠無法滿足，一個目標後面永遠有著另一個目標，於是隨著年歲的增長，地位的提昇，擁有的東西愈來愈多，心理卻愈來愈不踏實。

我們不禁要問，這有限人生裡的無限資源在哪裡？答案就在我們的心靈，在那百分之九十從來沒有被我們使用的腦容量。但和開發地球資源的道理相同，打開這百分之九十的「寶庫」鑰匙，在價值觀及生活態度。一個人若能將自己從物慾的桎梏裡釋放出來，自然能像老子、莊子及各大宗教的「悟者」般，翱翔在無限的意識空間裡，過著般若充滿喜樂的人生。

至於氣度，在《莊子・雜篇》裡，莊子和趙文王有段發人深省的對話。趙文王醉心於劍術，養有數百劍士，每日以擊劍為樂，也為自己的劍士擁有高超武藝而感到沾沾自喜。莊子提醒趙文王，這些雕蟲小技是「庶人之劍」。

至於「天子之劍」，應是以首都當劍柄，四面城廓當劍身，前方戰略據點當劍鋒，用刑律道德來處理世事，隨著陰陽變化而進退，根據四時時令而養育、肅殺。如此揮灑起來，自然四方歸順，王道盛行。趙文王捨天子之劍而就庶人之劍，把格局變小了，國力自然羸弱。

證之台灣，我們的劍柄在台北、劍身是島上的各個城市、劍鋒應在東沙、南沙。審視四時時令，以永續的規範當劍訣，結合有志之士，自能化有限為無限，進而成為帶動華人社會進步的引擎，這才是台灣人的歷史使命及出路。

（二〇一二年十月五日）

李教授的夢

歷史像面鏡子，時間是把劍，貫穿了整個歷史的長廊。

在這時空巨流的每一個當下，有千千萬萬個舞台，有上萬個劇本及如恆河沙般的演員，其中有主角、有配角。但不管是主角或配角，每一個人又各自有自己的小小台子，唱著屬於自己的戲碼。在這一個交錯複雜的網上，各式各樣的角色在大小不同的台上，交錯扮演著。演久了，角色多了，難免有人忘詞了，或錯亂了。

但是不打緊，「導演」的功力是了得的，他可因任何人的脫稿演出，隨時調整相關的所有劇本。台北一隻蝴蝶拍拍翅膀，即可在紐約產生一個巨大的風暴。這就是所謂的「蝴蝶效應」。

幾乎每一個人都不滿意自己的角色，都想當主角，都想掌控舞台的一角。

於是就有了文場與武場，出將入相，創造了多少英雄、奸雄及狗熊。又有如恆河沙般的作家，寫出一部部作品，或稱為史詩，或稱為小說，或稱為演義。作品好壞，人們自有衡量標準。但每個人都以為自己的作品是最好的，被評為「不好」，即表現落寞、自艾自憐，總覺得懷才不遇。那些被評定為「好」的，則是志得意滿，趾高氣昂，名利雙收。

這些看在「大導演」眼裡，有如家家酒般，但他是寬宏大量的，總是由著人們盡情演出。只有每隔一段時間，派一個「超級巨星」到舞台上做個示範，引導大家走上一條比較正規的路。

千百年過去了，有些巨星的名字還留在「排行榜」上，他們叫釋迦摩尼、穆罕莫德、耶穌、老子、孔子、達文西、牛頓、愛因斯坦……各自擁有支持者，各據山頭，主導著各自的舞台。他們的支持者有個專有名詞叫「信眾」。

幾千年來，宗教隨著科學的進步，人們對劇本的解讀更理性、也更精準，但宗教不但沒有因此而式微，反而更為興盛。這樣的發展，應該在「大導演」的掌控當中吧。

其實，有另一套「劇本」在無形的舞台上上演，稱為「無形」，只是因為我們看不到。用最接近的名詞來描述，它是以「能量場」的方式存在著、運作著。在這個能量的世界裡，時間有著不同的概念，它不再是直線的，而且不再是單一的。一念之間，它可以回到過去，也可以去到未來，它可以在有如恆河沙般多的場景裡同時進行。

這裡的劇本沒有台詞，劇的進行全靠「感應」，所有的演繹全靠能量的強弱消長而進行。而且不只是人有能量場，土地、國家、政黨及你能想像的各種組織都有著它的「場」。各自利用能量場的強度，進行一場無聲的競爭與串聯。其結果表象，就是前述的那齣人間的戲。兩者互為因果，相存相依。

千百年來，多少人在各式各樣的舞台上，上台又下台。有的優雅，有的粗俗，有的失敗了，卻贏得了萬世的景仰，有的成功了，卻得到了萬世的罵名。殊不知，大導演想看的是那過程，而非最後的結果。

過程使人成長，因為成長，才能在下齣戲裡扮演更重要的角色。歷史一再重覆，殷鑑歷歷，在那當下又有多少人能保持清楚的頭腦，做出適當的決定？

多少高僧大德用盡畢生功力，想要參透這玄機卻不得其門而入。

話說回來，在這個亂中有序的有形及無形世界裡，只有努力扮演當下的這一個角色，無私的奉獻、精進，大導演自然會注意到，其他就由不得人了。將自己的場和環境的場共震，自然就像找到上昇氣流的老鷹般，輕鬆地翱翔。

接著，就任由那隻無形的手推著你，到下一個舞台去吧。

（二〇一一年十一月二日）

宗教與科學

數年前，有位日本的科學家江本勝寫了一本書《生命的答案，水知道》。江本先生研究水的結晶，設計了一系列試驗。他選擇了各種的水的樣本，有的不停地給它讚美，有的不停地咒罵它，有的讓它聽貝多芬，有的聽重金屬音樂，結果驚奇發現，隨著外在情境的變化，水的結晶形態也完全不同。被讚美的水、聽貝多芬的水，有著非常漂亮的結晶，但是被咒罵及聽重金屬音樂的水則沒有結晶。

這裡面傳達一個非常重要的訊息，我們以為水沒有生命，但它卻可以接收我們的訊息。當然有很多科學家挑戰他的理論，認為他的試驗無法被重覆，這牽扯到科學的定義，及現今的技術有無可量化「意念強度」的指標。在此我不想落入這個論戰，但我認為江本勝的這個試驗為我們開了一扇窗，循著這個方向，或許我們可在科學與宗教之間理出一個頭緒。

現今有許多現象，無法用狹隘的科學理論來解釋，但如果我們能跳出傳統科學的框架，或許就能有一個較合理的解釋。譬如說，在西藥尚未盛行的年代，我們的祖先即靠著中醫，及不為現代醫學所認可的民俗療法來治病。小時候先祖母就不知讓我吃了多少香灰，每當我有不適，師公來家裡收驚是標準作業程序，有時燒真的就退了，病也好了，或許信仰真有著神奇的精神力量吧！

我的好友崔玖醫師所提倡的「總體能量醫學」，認為每個器官都連著經絡，每個經絡都有一個能量場，當這個場因為身、心、靈的因素，產生不平衡時，人即會生病。他們也發現，每一種花帶著一個能量場，透過能量場的測試，如果找到能調和失衡能量場的花，即能用該花的花精來調節失衡的能量場，於是病就痊癒了。這和港灣防波堤及海岸保護設計的原理不謀而合。

同時，因為每一種花都帶著不同的訊息，透過這些花的訊息，可讀出人的心理及潛意識的困擾，而這可能就是致病的主因。每次看完崔大夫，總覺得不但病痛減少了，甚至連命都順便算好了。

這到底算是醫療或是心理諮商？但病痛好了，心也安了，卻是事實。遺憾的是，因為這違反傳統西方醫學的所有科學準則，迄今無法取得合法的「定位」，也因此無法宣傳及推廣。一個可能解決無數令西醫束手的疑難雜症，同時省下大量醫療資源的好療法，就這樣如風中殘燭般地慢慢耗盡。

到底科學和宗教的分野在哪裡？在混沌理論中有一個論述，稱為「碎形幾何」（fractal geometry），概念大致是目前我們習慣用一維、二維或三維（one, two and three dimensions）來描述萬事、萬物，但是幾乎沒有任何自然界的物件是方形的，所以用傳統思維及傳統數學工具來解析自然現象，總有它的侷限性及誤差。

雪花到底是幾維？樹木到底是幾維？自然界是否有一套我們不熟悉的「準則」在運作著？舉例來說，一棵樹遠看是一個形狀，如果將樹幹砍下來，豎起來看，它又是一棵完整的樹，再將其中一根樹枝砍下來，再豎起來看，它又是一棵完整的樹體……。從這個例子來看，自然界似乎存在著一個一直複製自己的「密碼」，只要找到這個密碼，或許就有機會解開宇宙運行及生命的奧秘。

另一個有趣的現象，從宇宙的黑洞、颱風、龍捲風、水中的旋渦到DNA都有一個共同的形態，即它們都是「螺旋狀」。這螺旋形狀和宇宙的運作準則，應該有著密不可分的關係。

在梵文裡有一個符號「卍」，一直被當作佛教的圖騰。我每次看到這個符號，總覺得它是一個逆時針旋轉旋渦的橫剖面，或許古代的智者想用「卍」來告訴我們生命的密碼。三千年前的東方哲學產物「卍」，和二十世紀西方科學最精彩的突破「人體的DNA」，隔了三千年，卻用不同的分析方式得到相同的結論。

在《道德經》的第一章〈觀妙章第一〉裡有一段文字：「故常無欲以觀其妙，常有欲，以觀其徼。此兩者，同出而異名。同謂之玄，玄之又玄，眾妙之門。」老子用短短的一句話闡釋了西方解析式和東方總體性的思考邏輯，東西方的醫學、藝術甚至文字結構，都因此有了完全不同的分野。但不管用什麼邏輯或方法，只要真正到位，都會得到同樣的答案。這應是這個觀點的最佳註解。

在佛、道教的儀軌裡，都可看到天文學、星象學的影子，及對大地的謙卑，各宗教的經典裡也透露著永續發展，以及和大地和諧共生的訊息，再仔細探討，可看出先哲的科學觀。

著名的修行者如達賴喇嘛，和知名科學家有無數精彩的對話，著名的科學家如愛因斯坦，對「神」也有非常精闢的闡述，類似的例子不勝枚舉。宗教我似懂非懂，科學稍有涉獵，我個人認為這兩者不盡然相互衝突，若能捐棄成見，用更開闊的心胸，必能尋得共通點。

一個有科學觀的宗教以及一個有宗教胸懷的科學研究，或許是人類的唯一出路。

（二〇一二年十月九日）

論空

「人生到處知何似，恰似飛鴻踏雪泥，泥上偶然留鴻爪，鴻飛那復計東西」。這是大家都耳熟能詳的唐詩，利用一個再簡單沒有的場景，描述了最高的意境「放下」。

近代，徐志摩在《再別康橋》中，用「我揮一揮衣袖，不帶走一片雲彩」，來描寫同一個境界，但又增加了幾分浪漫，讓人不自覺地置身在那美麗的康橋裡。

在分子動力學中，有一個機制叫「布朗運動」，描述分子間最根本的運動準則。一個分子帶著它原來的物理特性在空間運動著，直到隨機碰撞到另一個分子，改變了所有的性質和路徑，朝一個新的方向運行，從此失去原來的所有「記憶」，直到它再度碰到另一個分子。

藉著這麼一個簡單的原則，宇宙的許多萬象因而幻化，生命因而產生。

在佛法裡有一個最基本的要件叫「空」，一般狹隘的解讀是要人放下所有的一切，遁入空門。但我個人認為，這是一個消極的說法。

《金剛經》裡有一句很重要的話，「因無所住而生其心」，個人的解讀是要一個人的靈體隨時保持在空的狀態，不論好的、不好的、美的、醜的全部忘掉，但放空的目的不是要「出世」，而是要更積極地「入世」。

在一個放空的狀況下，人的靈體才有更多空間容納新的事物，如此才能幻化出更多新的思維，但當這一切都完成後，再度放空，以迎接另一個新的挑戰。

如此，個人不過是個「載具」，所有的事物、心念，只是如同水流一般通過，把握交會的剎那，碰撞出最美麗的火花。這其實也是流體力學裡最根本的「通量」（flux）的概念。

空，可以如此知性，也可以如此感性。它可以美得像首詩，也可以深奧如流體力學。但千百年來，文人騷客、高僧大德反覆歌詠，論證，又有多少人真正參透。

這是人類最大的功課及障礙，因為永遠參不透，所以我們才叫「凡人」，才能享受那不完美的樂趣。

讓我們每天都能揮一揮衣袖，希望帶走的雲彩愈來愈少，牽掛也會愈來愈少，享受當下那份自在的感覺吧。

（二〇一一年十一月十四日）

夜發重慶

岸上燈火七彩，腳下長江澎湃，江輪在一片歡呼聲中駛離了碼頭。清風徐徐，吹散了悶熱的空氣，兩岸山巒及燈火迅速地向我揮別。此乃蜀漢舊地，故國重遊，昔日袍澤安再？蜀道果真難行，非身處其境不能體會箇中意境，更突顯丞相七出祁山之悲壯，此刻心情，絕無李白朝辭白帝之輕快。

國破山河在，在這歷史舞台上，人們不過是一群過客，或是主角、配角，或是路人甲乙，當一切灰飛煙滅時，又留下了什麼？活在當下的你我，追求的又是什麼？如那煙火般燦爛，在眾人驚嘆下迅速幻滅？或如李白、蘇軾般，留下佳句千古傳頌？

或如這滔滔江水，默默地向大海奔去，忠實地執行亙古不變的任務，孕育兩岸萬物，偶爾造成災難，譽謗由人。千百年後，物換星移，它仍潺潺地流著，看盡滄海桑田，卻不改其本性。

遙遠的下游，即是襄陽，那今生不曾謀面的城市，竟是如此淒涼，一股近鄉情怯的心情卻油然而生。蘇軾那句「故國神遊，多情應笑我早生華髮」，一路上一直在腦海裡縈繞，踏在故人舊地，應是此刻心情的最佳寫照。

（二〇〇九年六月）

泰州

「上有天堂，下有蘇杭」是大家耳熟能詳的一句 slogan（口號）。

蘇杭是魚米之鄉，也是中國人夢寐以求的烏托邦。蘇杭之所以能成為魚米之鄉，關鍵在它是由大片濕地及綿密水路所組成的水鄉澤國。這些都是千百年來長江泛濫、改道所形成的沖積扇，純樸的農民因而發展出一套與自然和諧相處的生活方式與態度。

在平時，濕地是糧倉，生產各式各樣的作物及魚、蝦、蟹，這就是所謂的「水八仙」。在洪水泛濫時，濕地又有最佳的滯洪機制，因為有它的存在，洪水災害相對減輕許多。

千百年來，無數次的水起、水落，農村依然屹立不搖，有時洪泛帶來的沃土，反而讓田地更加肥美，農民依然日出而作、日落而息，過著「帝力與我何有哉」的日子，也因此發展出「村落、水路、垛田及濕地」相互搭配的江南水鄉。

先民和諧的生活方式，隨著日出、日落及四季景物的變幻，在歷史上被文人騷客歌詠著，成就了它在中國人心中不可撼動的天堂地位。

近三十年來，隨著改革開放及經濟發展的腳步，「城市化」成了不可逆轉的趨勢，人口大量往都市集中，城鎮規模也不斷擴張，一塊塊良田及濕地，在人們不知不覺中消失。

人的生活富裕了，交通便捷了，但因為缺乏滯洪池——濕地的屏障，大地的耐災能力弱化了，洪水愈來愈嚴重，災損也屢創新高，但更令人憂心的，是那一去不返的和諧和純樸民風。

人情淡薄了，社會變得愈來愈功利，這豈是各項經濟成長指標所能換來。

台灣自上個世紀八十年代，經濟成長傲視全球，像極了今天的中國大陸，曾被譽為世界「經濟奇蹟」，也是開發中國家的典範。但在經濟大步起飛的同時，人口大量向都市集中，現在台灣有百分之九十的人口居住在都市。

其中最嚴重的就是台北，在短短三十年間，人口由一百萬快速增加至八百萬，大台北地區幾乎找不到一片完整的良田，更別說濕地。

昔日純樸的農業社會，演變成高房價、高物價、高汙染及交通嚴重阻塞的「現代」都市。同時因為年輕人多集中在都市，鄉下人口老化的問題欲趨惡化，隔代教養更是教育界最棘手的難題。

這些看在大陸朋友的眼中應不陌生。我們已承受了二十多年，現在正思考如何藉由國土規劃的宏觀角度，從根本尋找解決方案，包括農村再生、河川治理、災害防治、棲地復育及都市再建構。

除了這些工程手段外，同等重要的就是民眾環境意識的喚醒、社會價值觀的導正、政府職能的提升，和運作方式的改變。

個人從事公職及教職近三十年，三十年來台灣工程界的思維，從「人定勝天」漸漸轉化成「學習與自然和諧共生」。政府的角色由原來的政策主導者，慢慢發展出有民眾參與空間的運作方式。民眾由被動的逆來順受者角色，漸漸找到參與政策的著力點。

身為政策制定者與執行者，應當能感受到當初盲目追求經濟發展的「無知與傲慢」，現在即使花再大的代價，也無法還原昔日好山、好水於萬一，更遑論我們曾經引以為傲的純樸民風。

那夜泊的楓橋、那蘇軾的赤壁、那泰州的垛田，是江南獨特的地貌，在這塊土地所孕育的詩詞歌賦、飲食文化及先民獨特的生活方式與智慧，都是中華文化的瑰寶，眼看著一天天步上台灣後塵，我的心情豈是「焦急」兩字可以形容。三思、三思！

（二〇一二年七月二十一日）

讀《三輩子》有感

從小就對「傳記」產生莫大的興趣，各式各樣人物的「傳記」不知讀了多少。

從前因為人生經驗不夠，總把它們當作故事讀，只知道劇情，少有感動，更不要說從中看到自己所熟悉的「影子」。

近年讀了齊邦媛的《巨流河》、聶華苓的《三輩子》等書，都是紀實描述華人父祖輩所走過歲月的巨作，在同樣的時間軸上，主人翁歷經了大陸、台灣及美國三個場景，因個人際遇不同，雖有其共同的歷史經驗，卻有著完全不同的命運。

命運，一直是人類最大的共同疑問，多少人想要掌握它、甚至改變它，有的求神問卜卻不得要領，虛擲光陰、金錢，甚至斷送大好前程。

需知「命運」與「運命」，看似類似卻截然不同。命運是與生俱來的「合約」，大體是不能改變的，但在細節部分，卻是個人可以掌控，這就是所謂的運命。如何善用每一個機會，把危機變成轉機，在在考驗著千古英雄豪傑。人生不免遇到風浪起伏，只要掌握「起而伏之，伏而起之」的原則，在顛簸的人生旅途中找到平衡點，甚可化險為夷。但更重要的是藉著每個機會，提升自我的靈能，降低再犯同樣錯誤的機會。

《三輩子》這本書，因為大部分的故事場景發生在愛荷華，讀起來倍感親切。愛荷華的一草一木，歷歷呈現在眼前，當初和這些名作家相處的一切，仍記憶猶新。

一般人由小至大，成長、求學、戀愛、結婚、生子、就業、退休，然後逐漸老去，千百年來，少有人能擺脫這個軌跡。古今中外，人物或許不同，故事精彩度不同，但過程幾乎如出一轍。

看著許多轟轟烈烈的歷史事件，驚天地而泣鬼神的戀情，隨著物換星移，又留下了什麼呢？當時間愈來愈久遠，焦點愈來愈模糊，剩下的只是精彩的「片段」，留予人們去做不同的闡釋，加油添醋有之，顛倒黑白有之，於是關羽成了關帝，周瑜成了器量狹小之徒，梁祝成了愛情的典範。至於當時的點點滴滴、愛恨情仇，早已埋在歷史的洪流裡了。

縱觀過去這五十多年的歲月，台灣從貧窮的農業社會，進步到富裕的工業國家，白色恐怖、政治迫害，以及戒嚴時代的嚴刑峻法，早已不見蹤跡，取而代之的是一個自由無限、訊息爆炸的社會。最近常常想起那段簡單又遙遠的日子，生活雖然辛苦，但社會和諧而好禮。

早年的泰山，只有沿著明志路的山腳下有幾個聚落，明志路是條石子路，每半小時有一班公路局公車到台北。家裡有一個好大的曬穀場，曬穀場旁邊有兩堆編織好的草批，那是下雨天遮蓋穀子用的。

收割的季節，家裡沒有人閒著，男人在田裡割稻，女人負責煮飯、曬穀子，大小孩負責推推車將田裡割下來的穀子拉回來，非常有節奏地各司其職，不需要一個總指揮，卻能每個人恰如其分地扮演特定角色。

夏天午後常有雷陣雨，天空開始打雷時，曬穀場即展開搶救穀子大作戰，必須在極短時間把曬得半乾的穀子集中成數堆，然後用草批遮蓋起來，因為打

媽媽李子美抱著 2 個月大的李鴻源攝於泰山自宅前的曬穀場。右上角即是一堆草批。

濕了的穀子會發芽，就不值錢了。這時候沒有你我，也不分哪堆穀子是誰家的，只知道共同對抗自然力。

這是我熟悉的台灣精神，可惜在今天的社會裡已蕩然無存。

泰山家的曬穀場旁有一棵棕櫚樹，每年班鳩都會來築巢，成天發出求偶的咕咕聲，巢裡總是有幾顆咖啡色斑點的蛋，幾個星期之後的某一天，祖父從田裡回來，手上提了一隻鳥，另一隻手捧了幾顆蛋。在物資缺乏的年代，那可是珍饈。這樣的場景每年重演，班鳩還是會定期來報到，最後變成一鍋湯和一盤炒蛋。

曬穀場的盡頭是一條灌溉溝渠，泰山人生活的「動脈」，淘米、搗衣、洗馬桶、灌溉都靠它，水清見底，小魚、泥鰍、蛤蠣等隨手可得。水溝邊上搭著瓜棚，絲瓜一條條垂著，窄一點的水路旁則種著茭白筍。沒有一塊地是空著，農人巧妙的運用、變出食物來。鄉下，是餓不著人的。

幾千年來，我們就是這樣的活著，善良、認命，日出而作、日入而息。我有幸度過這樣的童年，它是我這輩子最重要的資產和最好的回憶。

（二〇一二年一月三日）

為子祈禱文

現今世界充斥著颱風、淹水、土石流、地震、海嘯、火山爆發、乾旱、森林大火、汙染、戰爭……等各式各樣的災難，人們開始驚覺，地球到底怎麼了？世界末日真要到來了嗎？

若把地球六十億年的生命，當作「一年」來看的話，人類大概出現在第三百六十四天又二十三時五十九分。根據我們有限的考古知識，人類從遠古茹毛飲血，花了好長一段時間才進步到農業社會，因為糧食來源穩定了，人口才慢慢增加，並漸漸發展出組織、社會、階級及國家。接著就是你們在歷史課裡，所學到的東西方歷朝歷代。

人類維持了幾千年的農業社會，直到十八世紀，英國開始了工業革命，於是機器取代人力，社會突飛猛進，人類生活富裕了，壽命變長了，但也耗盡了地球千萬年來累積的資源。

根據世界銀行統計，再三十六年，汽油就用完了，再七十六年，液化石油氣也沒了，再兩百年，連我們避之唯恐不及的煤也開採完了。更棘手的是，因為二氧化碳濃度急速上升，造成全球暖化、災害頻傳，糧食、水等民生必需資源，將成為各國爭奪的目標。如何維持冷戰結束後的世界和平情勢，是人類目前面臨的最大挑戰。

你們在不同的人生階段，有的即將進入新的學校，開始新的學程，有的快要步出校園，有的初入社會，各式各樣的挑戰即將接踵而至。它們有一個共同特性，就是跨專業，跨領域。

當我在你們這個年紀時，台灣還是個農業社會，物質生活並不富裕，但人與人相處和諧。每個人都必須努力，才有可能出人頭地、改變命運。有機會通過升學窄門，進入大學的人並不多，更遑論出國留學。我有很多非常優秀的同學，因為家裡無法負擔，必須放棄學業，早早投入職場，其中許多人不向命運低頭，把握每一個機會，到了今天成為各行各業的佼佼者。

另有一些同學具備非常高的藝術及運動天分，但為了遷就世俗的價值觀，犧牲自己的專長與興趣，勉強擠進大學的窄門，取得一張文憑，過著悔恨與不愉快的一生。還有一些同學，從小就非常了解自己的能力、興趣與目標，全力以赴，現在也都頭角崢嶸。在這麼多的案例裡，到底誰成功？誰失敗？誰對社會有貢獻？誰的人生有價值？

這個社會是由各個不同階層的人所組成，從一個宏觀的角度來看，缺了誰都不行。我的父親是位基層公務員，我的祖父是位純樸的農夫，一輩子沒踏出過台灣這塊土地。他們都認真地扮演著他們的角色，努力生活著，才有了我們這一代，也因此才有了你們。

他們那兩代人歷經了戰爭的洗禮，在艱困的環境下創造了經濟奇蹟，有了台灣今天的繁榮。但在盲目追求經濟成長的過程中，環境被犧牲了，大地被破壞了。更令人擔心的是那純樸的民風、腳踏實地的精神，也一點一滴在消失中。

人們變得急功好利，年輕人追求速食文化，眼高手低、好高騖遠，基礎技藝逐漸流失，滿街都是華而不實的大學生，工廠裡卻找不到好的技術人員。殊不知一個好的水電工、修車技工和廚師，對社會的重要性及貢獻，並不亞於一位大學教授。

經過多年的慘痛教訓，人類眼睜睜地看著每天有一百四十多種物種從地球消失，才驚覺環境保護及生物多樣性的重要，於是簽訂各式各樣的國際公約，一步步推出各種行動方案並落實。但「見樹不見林」是人類的最大毛病，反而忽略了文化及族群多樣性的重要，造成許多語言、文化、技藝，甚至人種從地球消失或瀕臨消失的邊緣。

如何保存、保育及復育這些「瑰寶」，是人類爭取不被淘汰的唯一解藥，在在考驗著人類的決心及智慧。

遺憾的是，時間並不站在我們這一方，地球正試著找出一條最符合所有生物的最佳出路，答案我並不清楚，但可以確定的是，傲慢及無知的人類並不在被揀選的名單中。

再不久，這艘即將駛入暴風圈的船，將交到你們手中。

很抱歉，船上的物資已經被我們揮霍得差不多了，船身也百孔千瘡。你們可以選擇秉燭夜遊，把僅剩的資源全部耗光，然後同歸於盡；當然也可積極地面對，或許可以找出一條康莊大道。

坊間有各式各樣的學程，教人如何做一個好的經理人、如何做好人際、財務管理，如何出人頭地或做一個佼佼者，這些當然非常重要，但我認為更重要也常常被忽略的，是如何找到真正的自己、了解自己，有正確的價值觀，快快樂樂做一個有良知的世界公民。

假如每一個人都能做到這點，這世界將會是一個健康、多元的和諧社會，善的能量場被營造出來，所有問題自然迎刃而解。但這麼抽象的概念，要從何做起？我認為只有「利他」（unselfishness）兩個字。

每一起心動念都從利他的角度出發，沒有我執（ego）在裡面，如此反覆練習，把它變得像呼吸一樣自然，你就可以接收到「宇宙的訊息」，於是你變得有智慧了，直覺靈敏了，格局大了，常能洞燭機先，言人所不能言，行人所不敢行。

這時候，你可能開始會有崇拜者、支持者，為眾人所包圍、簇擁著，心裡卻更加寂寞、孤單。人們把問題、希望全寄託在你身上，你必須表面故做輕鬆，以符合眾人的期待，內心其實苦不堪言。你會盡最大的努力，試圖扛起整個重擔，解決所有問題。但問題一件一件接踵而來，遠超過你能解決的速度與能耐。於是你會有強烈的失落感，怨天尤人、甚至自暴自棄。

直到有一天，你突然悟出了道理，月有陰晴圓缺，此事古難全。人世的生老病死、喜怒哀樂，是人之所以為人的必經歷程，任何宗教都無法替人類解脫此一過程，就像任何工程手段都無法消滅天災一般。

古人常說：「雷霆雨露莫非天恩」，禍福相倚、生死相依。於是你了解了「道」，也似乎知道了「人法地，地法天，天法道，道法自然」的道理。你掌握了道，便能順著場的勢，自在的翱翔在這塵世裡，以出世之心，處理入世之事。就這樣自在了好一陣子，直到你碰到另一個瓶頸，再經歷同樣的過程。

但只要用心體會，每次「升級」的時間會愈來愈短，你的精神層級（spiritual level）會愈提愈高，漸漸跳脫了「人」的層次，於是達到「無無明，亦無無明盡，乃至無老死、亦無老死盡」的境界。再往下，就不是有限的文字所能形容，我也不那麼懂了。

孩子，人生的旅途充滿了偶然與必然，兩者互為因果。有些看似偶然，但仔細探究，卻有蛛絲馬跡可循，有些你認為是命中註定，但往往是無心插柳所造成的因果。

探索命運的究竟，是千百年來人類永遠參不透的課題，於是各式各樣的命理學應運而生，有些確實有它們的道理，有時也確實準確。當你的人生走到一個階段，碰到瓶頸時，一定會對命運感到好奇，試著尋找出路。我鼓勵你不妨大膽去探討，但最後你會發現，不管怎麼算、怎麼求，命運總是會回到它原來的軌跡。

你會說，既然都決定好了，為何還要努力，何不隨波逐流？但那並不是一個正確的態度。在人生軌跡上所碰到的每一個人，所遭遇的每一件事，不管是善緣、還是惡緣，不管是成功、還是失敗，都是「學習」的過程。

好好把握每一個當下，認真且真誠地面對每一件事、每一個人，你的靈能自然會提昇，疑惑會愈來愈少。漸漸地，你會體會出過程比結果還重要的道理，你自然會參透生命的必然與偶然，達到孔子所說「隨心所欲而不踰矩」的境界。

永遠不要自滿，因為「欲」和「矩」是相對的，永遠有進步的空間，所謂人上有人、天外有天。但你要是這麼想，又會掉入「我執」的陷阱，因此自在就好，隨時準備自己、維持在最佳狀態，抓住那個上昇氣流，其他就交給那隻無形的手。

最後和你們分享三種生活的態度和方法，正向思考（positive thinking）、跳出框框看問題（out of box thinking）和對話（dialogue）。每件事情都有不同的面向，每一個危機也往往是個轉機。當你碰到問題時，先把自己沉靜下來，仔細思考、分析，總會找到一個正面的切入點，慢慢琢磨、抽絲剝繭，問題的本質就會愈來愈清晰，於是水到渠成，問題迎刃而解。

其次，一般人習慣從自己熟悉的角度看問題，於是永遠陷在慣性的泥淖裡。愛因斯坦曾有句名言：「用現在的思考方式，只能解決昨天的問題」。當你碰到問題時，先把自己抽離出來，站在制高點上，思緒自然更清楚，方向自然更明確，然後衡量自己的能力，找出一條最佳的出路。

最後，當你要開始行動時，需要許多人同心協力，於是「溝通」成了最重要的工夫。溝通時，除了要清楚地表達自己的意見外，更重要就是傾聽，只有傾聽才能讓心胸更開闊、思路更清楚。只有所有人都能捐棄成見、異中求同，一支有戰鬥力的團隊方能組成，這是解決問題的第一步。

從蘭嶼勘災北返的途中，直昇機飛行在台灣東岸的太平洋上，皎潔的月亮高掛天際，海面波光粼粼。點點的漁火，點綴在這昨日還是驚濤駭浪的平靜水面上。遠方的城市燈火通明，好一幅美麗又和諧的畫面。

我的腦中還留著災區的慘狀及災民淚水的印記，思索著如何協助他們走出困境。但這一切努力，在下場颱風來時又將化為烏有。即使明知如此，我們仍需全力以赴，因為這就是人生，這就是天道。

孩子，讓我們攜手，認真地駕著這一條百孔千瘡的船，這是我們最大的課題，也將是我們最好的精進方式。唯有精進，我們才有可能繼續存活在這浩瀚的天地間，共勉之。

（二〇一二年八月三十日）

珍重再見

記得兩年多前，受陳冲院長之命，從公共工程委員會主任委員轉任內政部部長，也是在這初春時節。

從一個小部會，轉任這號稱「天下第一大部」的內政部，確實是項挑戰。不論是在立法院備詢，或平日的政務推動，非得有三頭六臂方能游刃有餘。所幸內政部在歷任部長調教下，是一支有著優良傳統，同仁素質優秀的團隊。

兩年多來，我們完成了許多關鍵性的政策與計畫，贏得社會的認同與長官的嘉許，在一片低迷的民調中，我們永遠一枝獨秀，獨佔鰲頭。

為此，我要深深一鞠躬，謝謝你們的努力與付出，讓我有機會帶著一張不錯的成績單畢業。雖然大家都能如數家珍，但我還是要不厭其煩，舉幾個典型的例子來和大家分享。

一、治安持續良好，強力打擊犯罪及取締酒駕，大大減少了傷亡人數。

二、建構綿密的災防體系與網絡，建立中央及地方夥伴關係並深耕部落，大量減少颱風來時的人命傷亡。

三、建構全國地理資訊系統（TGOS），為國家建立重要的網路基礎建設（cyber infrastructure）。

四、建置完成全國災害潛勢圖，除了具有防災、避災用途外，更可據以修正全國區域計畫、做為未來國土計畫的推動依據。

五、積極推動公設保留地解編，除解除民怨外，更可為國家創造財富。

六、積極推動防災型都市更新，預期可達到老舊市區重建、城市翻轉、振興經濟及居住正義等多重目標。

七、推動全國新住民火炬計畫，協助外籍配偶及其子女早日融入台灣社會。

八、完成不動產實價登錄制度，有助於抑制房價之哄抬。

其他如空勤總隊之轉型、替代役制度之推行，以及宗教沃土計畫、綠建築之推動……等，我就不再一一詳述。

當然，我們也留下一些缺憾。譬如，目前還在努力解決中的全國戶役政系統更新方案，或因規劃不盡周詳、或因同仁監督不夠嚴謹、平行壓力測試不足、或因廠商間分工協調不清，造成國人不便，嚴重影響國人對政府的信賴，我更要深深一鞠躬，代表內政部概括所有的責難。

希望同仁能記取教訓，不要再犯同樣錯誤。我也相信在陳部長的領導下，內政部定能儘快讓系統穩定，恢復服務品質，重拾國人對政府信心。

我個人一直以諸葛孔明的「澹泊以明志　寧靜以致遠」，當成人生座右銘。因為淡泊，所以無我，因為無我，自然能夠察知自己的本性及天命。

既知本性及天命，再加上無我，心裡自然寧靜，思路自然清晰，自能掌握全貌，避免走了許多冤枉路，故能致遠。這也就是我常掛在嘴巴上的「跳出框框看問題」的具體實踐。

我曾向某位大師求此墨寶，他笑說：你是首長，不能澹泊，所以只肯替我寫下半聯「寧靜致遠」，兩年來一直掛在我的辦公室內，時時提醒我、鞭策我。

從現在開始，我卸下首長職務，可以好好澹泊明志，重回校園、伏案苦讀，立足台灣、放眼天下。思索在全球化及全球暖化的衝擊下，台灣這塊土地及台灣人的未來。

這帖方子大致可分成四大部分：

一、相信科學（trusted science）

二、政策明確（informed policy）

三、創意商機（motivated business）

四、公民參與（engaged public）

等我有了更具體的心得，如蒙不棄，定當傾囊相授。

即將遠行，我試著瀟灑地學習徐志摩，在康橋的餘暉裡，揮一揮衣袖，但沒帶走任何雲彩，只帶走了滿滿的友情，同時也留下了深深的祝福。相信在陳部長的帶領下，內政部定能部運昌隆。

最後，祈禱台灣年年風調雨順，國泰民安。珍重再見。

（二〇一四年三月三日）

美麗與哀愁過後

因為菲律賓板塊及大陸板塊的擠壓，台灣是地球少數擁有百座超過三千公尺高山的島嶼。

這座天然的山脈屏障，替我們削弱了颱風的侵襲，但也因為高山的地形效應，讓每場颱風所帶來的雨量，遠超過和我們地形非常類似的菲律賓及日本。還在長高的山、破碎的地質、陡而急的河川，加上強降雨及頻繁的地震，山崩、地滑、土石流、河川沖刷、橋樑斷裂、海岸侵蝕等災害，如影隨形地跟著我們。

根據世界銀行評比，台灣有百分之七十三的人會遭受到三種災害的威脅，有百分之九十的人會遭受到兩種災害的威脅，是全世界最不適合人居住的地區之一。再者，因河川短而陡，水資源涵養不易，又讓我們有一個非常諷刺的封號——多雨的缺水國。

在三、四十年前的「人定勝天」時代，台灣像大部分開發中國家一樣，急著擺脫貧窮的枷鎖，試著從每一寸土地擠出每一滴乳汁，於是人們有計畫地往高山移居，中橫、新中橫、縣道、鄉道、農路，如開腸破肚般的興建，集村、民宿林立，同時種滿了溫帶水果、高冷蔬菜及高山茶葉。

當我們還沉醉在享受美味的溫帶蔬果及頂級高山茶葉時，水土已在不知不覺中流失了。

記得一九八六年初回台任教時，土石流還是少數專家在討論的「專有名詞」，只有在中國大陸拍攝的黑白紀錄片上看過，曾幾何時，台灣連五歲小孩都知道，甚至經歷過土石流的洗禮。當然極端降雨是因素之一，但更關鍵的是土地超限利用，人們居住到土石流盛行的區域。

同樣的，西部平原因為經濟活動的驅使，一畝畝良田變成了一塊塊魚塭，造就了台灣「養殖王國」的奇蹟。我們能養出最好的蝦、鰻及石斑，也確實賺進了不少外匯，但因長期超抽地下水，造成嚴重的地盤下陷，計有十分之一的西部平原（約一千四百平方公里）低於海平面，最嚴重的地區現在已位於海平面下三公尺，且還在持續下陷中。

結果是除了造成看得到的嚴重淹水損失，甚至危及高鐵的安全外，更因海水入侵地下含水層，中南部部分沿海縣市面臨嚴重的土壤鹽化問題，對作物生長及糧食安全的確保，造成巨大衝擊。全球暖化所引起的海平面上升，又使沿海土壤鹽化的問題雪上加霜，亟需我們更積極去面對。

除了以上可以用眼睛察覺的變化外，因為快速的工業化，人口高度往都市集中，造成城鄉發展嚴重失衡。過多不必要的基礎建設，造成農村聚落的破碎，喪失了原有的美麗及悠閒。短短的海岸線塞滿了三百多個使用效率並不高的漁港，於是防波堤、消波塊取代了美麗的沙灘。同時因為防波堤的突堤效應，破壞了沿海泥沙運移的平衡，造成難以計數的海岸流失，北起桃園觀音，南至高雄旗津。

上了年紀的朋友一定還記得，三、四十年前，在那反共抗俄口號叫得震天價響的冷戰時代，台灣西部海岸線布滿了海防碉堡，每座碉堡距離海水還有近百公尺的美麗沙灘，現在不但沙灘消失，碉堡更全陷入海中，只剩零星殘存的幾座，半埋在沙丘裡，供人憑弔。遺憾的是，這些都不是利用工程手段可以挽回的。

一部記錄台灣美麗與哀愁的紀錄片上映後，引起極大的震撼及迴響，喚起大部分國人的危機感及環境意識。但面對這些不能不面對的嚴峻事實，我們除了哀愁外，更要省思的是如何從政策面、法令面及執行面，提出具體行動方案，更謙卑地學習與這塊土地共存。

首先，我們必須認真思考台灣這塊土地的容受力。所謂「土地容受力」，就是在資源（尤其是水資源）、災害潛勢及生態條件限制下（更嚴格地說，在因應氣候變遷的考量下，連碳足跡都要納入考量），仔細評估台灣北、中、南、東部，山區，海岸及離島各能住多少人？可容納多少工業區？農業區應該坐落在何處？山區及離島的定位是什麼？適合哪些開發行為？如此我們才能在開發及保育間尋求平衡點，明智且永續的使用這塊土地。

不致像今天，將超過百分之六十的人口集中在都市（尤其是台北及新北），政府一邊忙著解決高房價、高物價，以及淹水、缺水、交通堵塞、水汙染等問題，另一邊卻窮於應付因城鄉差距加大所衍生的老人安養、隔代教養、農村年輕人的失業及就業問題。

每個縣市都爭取蓋工業區及科學園區，但從未仔細評估水資源到底充不充足，甚至在「圈地」過程引發農民抗爭，付出慘痛代價。更遑論萬一一場重大災害發生在台北及新北，對國家安全所造成的衝擊，將是難以評估。

計算土地容受力的基礎，在於一個完整的地理資訊系統。內政部在過去兩年將散落在各部會的圖資，整合成一朵 TGOS 雲，主要內容包括人口及產業分布、各種災害潛勢區位置及重大基礎建設配置等。

接著要讓 TGOS 成為政府施政的重要依據，才不致發生主要道路通過順向坡，重大建設卻位在活躍的斷層帶，從南到北到處是閒置的開發區，又不斷推出各種不同名目的土地開發計畫等不合理的現象。

要達到此目的，資料擷取（data mining）及決策資源系統（decision supporting system）的建置是非常重要的手段。透過專業的分析，讓資訊說話。

接著進行預案的模擬及分析（scenario analysis）工作，主要評估項目有經濟衝擊（economic impact）、社會衝擊（social impact）及社會經濟衝擊（social-economic impact）等。將評估結果提供決策者，在不同方案中尋求各方都能接受的多贏政策。

這是一項跨部會、跨專業領域的複雜工作。在工作過程中，不會有掌聲，也不會有立即的績效，甚至做好後，一般民眾也不會察覺。

聰明的台灣政治人物，是不會冒險做這樣投資的。反觀許多先進國家，這項工作都是投入龐大經費，由智庫長年在進行。很遺憾的是，台灣這樣的機制並沒建置完備，於是國家重大決策取決於民調之高低、媒體之評論。

政府為了國家的長遠發展，到底是要做對的事情，還是要做討好民眾的事情，一直是每位首長最難拿捏的分寸。

其次，將土地容受力評估資料反映在國土計畫、區域計畫及都市計畫上。

我們要重新檢討土地的使用標的及使用強度，將居住在高危險潛勢區的民眾及公共建設，有計畫地移轉到安全地帶，針對已超過土地負荷的經濟行為及公共設施，進行適度的調整，而在調整過程中，都市更新、尤其是防災型都更，成了不可或缺的手段。

民眾參與、資訊對等，以及執行過程的透明度及完善的財務規劃，都是都更計畫成功與否的重要因素。當然，公共設施保留地的解編及閒置國有土地之活化，也可一併納入，讓政府在政策推動上有更多的籌碼。

這是一個全國土地翻轉的百年大計，也是最大的振興經濟方案。操作得宜的話，台灣將一勞永逸解決目前大家所詬病的居住正義問題，聰明地和這塊土地和諧共生。更值得強調的是，透過地政及都市計畫手段，政府不但不需要投入大量資金，甚至可以從中謀得巨大利潤提供社會福利之所需。

第三，落實低衝擊開發，平衡開發與保育。

在國土規劃的執行過程中，會有大量的新市鎮建設、舊市區恢復，以及生態敏感區復育工作，此時最重要的工作就是落實低衝擊開發（low impact development）的精神。低衝擊開發在許多國家行之有年，擁有非常成熟的技術及政策。在台灣，因政策沒要求，低衝擊開發說的很多，但落實的很少，不排除有一、兩個亮點，但沒有全面性且大規模的方案。

低衝擊開發的主要精神，就是在開發與保育之間找到平衡點，並降低開發行為對環境的衝擊。以都市排水設計為例，傳統的思維是利用龐大的下水道及抽水站系統，將雨水迅速集中，然後快速排入河川。

但隨著都市快速發展，透水面積大量減少，造成集流時間減少，逕流量急速增加。於是下水道建設的進度，永遠趕不上逕流量　加的速度，投入經費愈來愈多，淹水問題卻愈來愈嚴重。

根據低衝擊開發原則所設計的都市（亦可稱為海綿都市），道路、停車場、公園、機關、學校都是透水的，操場及公園兼具滯洪池的功能。暴雨時將部分雨水滲入地下，可大量減少逕流量及延長集流時間，再配以適度的下水道系統，即可有效解決都市淹水問題，省下大量工程經費，同時讓都市一片綠意盎然。

推行低衝擊開發的最大困難，在於跨局處協調及跨專業對話，這些都不是我國政府所熟悉的運作方式。預計今年底，內政部會頒布全國低衝擊開發手冊，期待此一政策的落實，一方面可以徹底舒緩台灣都會區的淹水壓力，同時藉著政策的推動，改變政府的運作方式及文化。

婆娑之洋、美麗之島，是千百年來我們安身立命的家園。幾十年的揮霍，我們已將耗盡後代子孫的資源，再加上全球暖化所引起的極端氣候變化，使得問題益形險峻。

一部紀錄片，喚醒了大家的覺知，但看清問題的本質，腳踏實地用專業去面對問題，我們還是有機會駕著這百孔千瘡的船，安然度過這場風暴。

年初雖已卸下內政部的重擔，但放心不下的是對台灣這塊土地的熱愛與憂心，殷切期盼國土計畫工作能繼續推動與落實。為文以記之，願與全國同胞共勉之。

（二〇一四年四月十日）

海闊台灣

台灣，這座同時擁有百座接近四千公尺高山的獨特島嶼，住了二千三百萬來自不同族群、不同文化背景的人民。除了原住民世世代代生活在這裡不說，我們這些所謂的「漢人」，移民到這片土地上，多則三百年、少則數十年。非常諷刺的是，我們的DNA中還留著遙遠黃土高原的印記而不自知。

小時候，我們的父祖輩拿著依據大陸節氣而寫的農民曆，照著書上的四季時節，辛勤地耕種這塊土地，隨著不同神佛的生日，安排著每年生活的節奏。我們也因而得以保存，在中國大陸早已消失的中華文化中最精髓的一部分（這點和櫻花鉤吻鮭滿像的），但也因此造成我們對這塊土地的疏離感（這點就遠輸給櫻花鉤吻鮭了，因為經過千萬年的陸封，牠們已發展出一套不同於其他鮭魚，獨特的生態系統）。此外，因為懼怕水鬼捉交替，接近水域是我們從小最大的禁忌，因此我這個年紀的台灣人大多不諳水性。加上國共戰爭後衍生的「海禁」，讓我們對水域更陌生。

隨著政策開放，這幾年我們逐漸學會從岸上欣賞河川及海洋的美景，但河面及海上卻仍不見類似國外帆影點點的景象。多年前，某次接待幾位荷蘭專家遊淡水河，河灘邊的紅樹林、水中的魚群、泥灘的生態、空中的飛鳥，乃至於黃昏時的夕照、岸上的燈火，堪稱是世界級美景，讓所有人為之驚豔。

但這些外國朋友不解的是，為何廣潤的河面只有我們這艘孤零零的船。

我們從小所受的教育，讓我們對中國大陸的歷史、地理瞭如指掌，但沒有多少人知道荷據時代、清領、日治時代的台灣歷史，遑論原住民族的歷史，更沒有多少人真正瞭解台灣這塊土地的形成、脈動與未來。

「台灣」，有多少島嶼？都住了什麼樣的人？有何文化特色？黑潮經過哪裡？黑水溝長什麼樣？這些對氣候及漁場有什麼影響？什麼是「北方三島」？又哪些是「南方四島」？它們附近有什麼資源？台灣海峽有什麼戰略地位？什麼是第一島鏈及第二島鏈？東沙島及太平島的位置及其價值？為何世界各國都覬覦其附近海域？這些種種問題，又有多少人說得出來！

幾十年來，我們無知地剝削著這塊土地，創造了前所未有的榮景，也帶來了前所未有的破壞。當大自然開始全力反撲時，我們還無知地自我感覺良好。

海岸及島嶼一直是政府治理的三不管地帶。當年，我還在省府水利處服務時，我們奉命修築完成超過百分之九十的海堤，保護了綿延的海岸。但此舉不但沒能贏得掌聲，還換來破壞生態環境的批評。

過去數十年來，或為了漁業資源的開發、或為了地方選票考量，各級單位漫無目標地在海岸線上建了三百多座漁港，以及許多功能不彰的大小商港。近年來隨著近海漁業式微及產業外移，大半港區已沒有船隻停泊，但維護經費仍高得嚇人。其中著名的是高雄的興達港，花了幾十億公帑蓋完後，還沒使用過就成了「蚊子港」。至今政府還要每年編列龐大預算來活化一個錯誤的「決策」，更令人擔心的是，高雄市政府明擺著一座現成的港口不用，竟要花更多錢在高雄港附近興建一座遊艇港。我想問的是，這會不會又重蹈覆轍呢？

防波堤是港口最重要的構造物，主要的功能是削弱海浪的能量，營造平穩的水面。但它所引起的「突堤效應」，往往造成海岸泥沙嚴重失衡，這樣的例子從北到南，包括桃園、嘉義、高雄、花蓮等不勝枚舉。

水利單位忙著丟消波塊，保護被侵蝕的海岸，但另一方面，港務單位卻為港灣淤積所苦，這些都是相互矛盾且非常昂貴的「燒錢」工作，卻從來沒人敢問台灣到底需要多少港口？港口適合建在現在的位置嗎？在規劃過程中，不同部門單位有無相互溝通及仔細論證？

以我多年在政府服務的經驗，上述這些工作確實做得非常不到位，才會有今天的亂象。在管理方面，水利署負責海堤的興建及維護，交通部負責規劃建設商港，農委會則是負責漁港及防風林，分工不清、權責難分。

此外，內政部設有海洋國家公園管理處，交通部觀光局又有許多海岸風景特定區管理單位，不僅管轄範圍和各縣市政府嚴重重疊，組織更是疊床架屋，造成各單位平時爭資源，但颱風過後，海邊的漂流木卻永遠找不到人清理，出了意外，也只會彼此互推責任。

《海岸法》從來不被政府列為優先法案，也一直沒有完成立法程序，造成不同部會間的權責和法令界面的整合非常困難，讓問題更加棘手。

二〇一三年，一部從空中鳥瞰台灣的紀錄片引起巨大迴響，人們在驚嘆台灣美麗的同時，也開始省思人類的無知及貪婪。好長一段時間，「美麗與哀愁」成了媒體及政治人物的口頭禪，但在這部紀錄片中，對海岸及島嶼的著墨非常有限。

為了喚醒民眾對海洋及海岸的認識，在台開公司邱復生董事長的號召下，組成了一支由專家學者、文學家、詩人、航海界及媒體人的團隊，經過多次討論及試航，希望能拍攝一部以台灣海岸為主軸的紀錄片，將社會大眾不熟悉的另一個面向呈現在國人面前，內容除了美麗與哀愁之外，將更深入的探討，涵蓋海洋意識的喚醒、資源的保育開發及政府的有效治理。

期待透過這部紀錄片，台灣民眾及政府能更瞭解，並善待這塊土地和它所滋養的萬物（beings），尋找台灣的能力（strength）、能耐（capacity）及限制（limitation），成為名符其實具有文化多元的海洋國家。

（二〇一四年十月五日）

新人間 254

記那些波光與映像

作　者—李鴻源
主　編—李宜芬
責任企畫—張燕宜、石瑷寧
美術設計—化外設計
董事長—趙政岷
總經理
總編輯—余宜芳
出版者—時報文化出版企業股份有限公司
10803 台北市和平西路三段二四〇號三樓
發行專線—（〇二）二三〇六—六八四二
讀者服務專線—〇八〇〇—二三一—七〇五
（〇二）二三〇四—七一〇三
讀者服務傳真—（〇二）二三〇四—六八五八
郵撥—一九三四四七二四 時報文化出版公司
信箱—台北郵政七九～九九信箱
時報悅讀網—www.readingtimes.com.tw
法律顧問—理律法律事務所 陳長文律師、李念祖律師
印　刷—盈昌印刷有限公司
初版一刷—二〇一五年五月二十二日
定　價—新台幣三〇〇元

⊙行政院新聞局局版北市業字第八〇號

國家圖書館出版品預行編目資料

記那些波光與映象：李鴻源隨筆集 / 李鴻源著 .
-- 初版 . -- 臺北市 : 時報文化 , 2015.05
面 ; (新人間 254)

ISBN 978-957-13-6278-6 (平裝)

855　　104007524

ISBN 978-957-13-6278-6
Printed in Taiwan